MÁRIO A. SILVA FILHO
(BÀBÁ MÁRIO FILHO)

RELIGIÃO AFRO-BRASILEIRA

BREVE ESTUDO SOBRE AS RELIGIÕES
IMPORTADAS DA ÁFRICA

Lafonte

Brasil · 2021

Título – Religião Afro-brasileira
Copyright © Editora Lafonte Ltda. 2021

Todos os direitos reservados.
Nenhuma parte deste livro pode ser reproduzida por quaisquer meios existentes sem autorização por escrito dos editores e detentores dos direitos.

Direção Editorial **Ethel Santaella**
Organização e Revisão **Ciro Mioranza**
Diagramação **Demetrios Cardozo**
Imagem de capa **Inga Maya / Shutterstock**

Dados Internacionais de Catalogação na Publicação (CIP)
(Câmara Brasileira do Livro, SP, Brasil)

```
Filho, Mário A. Silva
    Religião afro-brasileira / Mário A. Silva
Filho. -- São Paulo : Lafonte, 2021.

    ISBN 978-65-5870-185-9

    1. Religiões afro-brasileiras I. Título.

21-81129                              CDD-299.60981
```

Índices para catálogo sistemático:

1. Religiões afro-brasileiras   299.60981

Aline Graziele Benitez - Bibliotecária - CRB-1/3129

Editora Lafonte
Av. Profª Ida Kolb, 551, Casa Verde, CEP 02518-000, São Paulo-SP, Brasil - Tel.: (+55) 11 3855-2100
Atendimento ao leitor (+55) 11 3855- 2216 / 11 - 3855 - 2213 – atendimento@editoralafonte.com.br
Venda de livros avulsos (+55) 11 3855- 2216 – vendas@editoralafonte.com.br
Venda de livros no atacado (+55) 11 3855-2275 – atacado@escala.com.br

Impressão e acabamento
Gráfica Oceano

ÍNDICE

07	**Introdução**
13	**Considerações históricas sobre as religiões afro-brasileiras**
13	Religião Tradicional na África: a semente
24	As religiões afro-brasileiras – introdução
31	As religiões afro-brasileiras no contexto urbano
36	Particularidades afro-religiosas no Brasil
42	Os adeptos das religiões afro-brasileiras
47	**Intolerância religiosa como forma de racismo**
47	Intolerância e perseguição: origens
55	As religiões afro-brasileiras sob julgamento
60	**Religiões afro-brasileiras**
61	Almas e Angola
64	Batuque
65	Cabula
66	Candomblé
69	Candomblé Queto
70	Candomblé Jêje
71	Candomblé Congo-Angola
71	Candomblé de Caboclo

72	Catimbó / Jurema
75	Culto a Ifá
78	Culto a Egungun
79	Jarê
80	Quimbanda (Kimbanda)
82	Umbanda
86	Tambor de Mina
87	Terecô
88	Xangô
89	**Considerações finais**
92	**Referências bibliográficas**

A história do negro, no Brasil, foi um longo sofrimento. Ou, como disse admiravelmente Castro Alves, "Foi-lhe a vida o velar de insônia atroz." E tinha de ser. O negro era a besta de carga! O preconceito de raça, pesando sobre os seus ombros, tirou ao negro todas as possibilidades de desenvolvimento autônomo. Ninguém atentava ao fato de ser a escravidão, e não a raça, a causa da degradação moral do negro. As contradições em que se fundava o instituto social da escravidão no Brasil – de um lado, a extrema riqueza dos senhores, do outro, a mais desoladora miséria da maioria, - não encontravam limitações. Além das diferenças econômicas e das diferenças de cor, o negro falava outra língua, adorava outros deuses, observava outros costumes, obedecia a outra organização de família. Por sobre tudo isso, o senhor branco passava desapiedadamente, sem respeito nenhum. Principal-

*mente quanto às mulheres negras, sobre as quais tinha, como os façanhudos senhores feudais da velha Europa, o infeliz **jus primæ noctis**[1]. Para o negro, que nunca estava com a razão, havia o corretivo do bacalhau[2] e do tronco, ao passo que a justiça (a justiça de outrora, que andava a passo de cágado) nem passava as fronteiras, sequer, dos domínios do senhor de engenho. E, assim, desmoralizado, esmagado pelo branco, o negro construiu, com as suas próprias mãos, a sociedade que o havia de oprimir (CARNEIRO, 1936, p. 13-14).*

---

1. Direito do senhor de passar a noite de núpcias com a esposa de seu servo.
2. Bacalhau: chicote de couro usado para castigar os escravos. Ganhou esse apelido porque os capatazes e feitores passavam sal nos ferimentos dos escravos para aumentar a dor. Disponível em: https://www.historiadobrasil.net/respostas/castigos_escravos.htm, consultado em 31/08/2021.

INTRODUÇÃO

Falando em religião, cumpre destacar que não existe uma palavra que possa abarcar todas as concepções religiosas da humanidade ou um conceito que corresponda ao que se entende hodiernamente por religião de forma geral. Há anos têm-se discutido e tentado dar uma conceituação universalista para a palavra religião, sem sucesso.

A maioria que tenta definir religião afirma que a palavra vem do latim *religio*, que significa escrúpulo, consciência, veneração, culto, referindo-se essencialmente às práticas de veneração aos deuses, feitas pelos antigos romanos. Essa origem, no entanto, é muito debatida, sugerindo outras hipóteses à sua significação: *religio* talvez venha do verbo *religare*, conectar, ligar mais forte. A religião seria, portanto, o laço, o elo que existe entre o indivíduo e a divindade. Essa etimologia teria sido dada por Lactâncio, retórico cristão do século III d.C., que foi a preferida de Santo Agostinho e a mais comum em nossos dias.

Ao pensar em religião como *religare*, ou seja, religar algo que foi desligado, imaginando-se que os seres humanos foram desconectados de Deus e que precisam de algo que refaça essa conexão, está se referindo, sem dúvida, às religiões abraâmicas, especialmente ao judaísmo e ao cristianismo, que baseiam suas crenças na queda adâmica, como consta no livro bíblico do Gênesis (3:23), que narra o momento em que Deus expulsa Adão e Eva do Jardim do Éden. Assim, imagina-se que os seres humanos por meio do *religare* retornarão ao paraíso, do qual saíram em razão do "pecado original".

A outra e, provavelmente, mais antiga, diz que a palavra *religio* viria do verbo latino *relegere* ou *religere*, que significa, respectivamente, reler e reeleger. Nesse aspecto, o filósofo Cícero diz que o supersticioso repete os ritos, várias vezes, por medo da morte, enquanto o religioso o faz com o objetivo de ver se tudo está correto. Segundo Santo Agostinho (2011, p. 21), como *relegere* significa reeleger, religião é escolher (eleger) Deus. E, como o ser humano é negligente e perde Deus incessantemente pelo pecado, a religião é também o fato de constantemente re-escolher Deus, de voltar para ele.

Do mesmo modo, as línguas do Oriente Médio (aramaico, hebraico, árabe etc.) não possuem um vocábulo que se refira à religião como foi apontado. A palavra hebraica *Dath* quer dizer lei, decreto, édito, costume e **é** nesses sentidos que é utilizada 22 vezes no Velho Testamento. Tem-se, também, a palavra *Pulkhan* – culto, rito, ritual, devoção, adoração. Há, ainda, o termo *Torah* que quer dizer direção, instrução, lei, e é designativo específico do Pentateuco, ou seja, dos cinco primeiros livros da Bíblia.

Em árabe, há o vocábulo *Deen* que quer dizer fé, lei, decisão, recompensa, mas não há, no Islã, uma palavra que designe religião.

De igual modo, nas tradições africanas não há tampouco um vocábulo específico que designe suas práticas. O conceito de Religião Tradicional Africana, que será discutido neste opúsculo, não consegue abarcar todo o universo de atividades religiosas realizadas pelos povos tradicionais da África. "Nessa circunstância, a definição do que possa ser chamado de 'práticas religiosas' ou 'religião' deve ser necessariamente arbitrária e de limites abrangentes (BRENNER, apud PARÉS, 2016, p. 37).

Assim, não há como dizermos que a palavra religião seja a mais adequada para estabelecer o conceito da prática espiritual observada nas tradições africanas e afro-brasileiras; de todo modo, no campo das ciências sociais, entre outras, o uso do termo religião passou a ser comum para designar a série de práticas, ritos, rituais e atividades de origem ou influência africana, na África e no Brasil, como o faz PARÉS (2016, p. 37-38):

Religião será aqui entendida como toda interação ou comunicação entre "este mundo" sensível e fenomenológico dos humanos e um "outro mundo" invisível, onde se supõe habitem entidades espirituais[3], responsáveis pela sustentabilidade da vida neste mundo.

Por essa razão, uma obra que trate das religiões afro-brasileiras, além de trazer informações ao leitor, cumpre com o que prevê a Lei 10.639/03, que estabeleceu como obrigatório o estudo da história e da cultura afro-brasileira nos estabelecimentos de ensino, especialmente nos de ensino fundamental e médio. A resolução do Conselho Nacional de Educação CNE/CP 001/2004 instituiu as Diretrizes Curriculares Nacionais para a Educação das Relações Étnico-Raciais e para o Ensino de História e Cultura Afro-Brasileira e Africana, trazendo no parágrafo 1º do Art. 1º a seguinte determinação:

> As Instituições de Ensino Superior incluirão nos conteúdos de disciplinas e atividades curriculares dos cursos que ministram, a Educação das Relações Étnico-Raciais, bem como o tratamento

---

3. Entende-se por entidade espiritual os espíritos, seres incorpóreos e sobrenaturais, que se manifestam no corpo das pessoas durante os rituais das religiões afro-brasileiras. Essas entidades trazem mensagens, dão conselhos, broncas e representam, muitas das vezes, os ancestrais da comunidade. Entre essas entidades podemos citar Exu, Pomba-Gira, Caboclo, Preto-Velho, entre outras.

de questões e temáticas que dizem respeito aos afrodescendentes, nos termos explicitados no Parecer CNE/CP 3/2004 (BRASIL, 2004).

O parágrafo 2º do parecer estabeleceu que a Educação das Relações Étnico-Raciais deve ser incluída nos cursos de ensino superior, sendo que o cumprimento da Resolução citada será utilizado como forma de avaliação das condições de funcionamento ou não do estabelecimento de ensino (BRASIL, 2004). Assim, este livro traz referências que poderão ser utilizadas por profissionais do ensino fundamental ao superior, na preparação de suas aulas, em conformidade ao que estabelece a legislação pátria. E ainda, este livro foi pensado e escrito com o claro objetivo de colaborar com a difusão do conhecimento, visando à quebra de paradigmas e de preconceitos.

CONSIDERAÇÕES HISTÓRICAS SOBRE AS RELIGIÕES AFRO-BRASILEIRAS

Religião Tradicional na África: a semente.

A invenção da religião tradicional africana foi parte de um projeto imperialista mais amplo de inventar a África. Desvendando a cocriação da religião africana, o historiador Paul S. Landau destacou as maneiras pelas quais a religião indígena africana e o cristianismo africano emergiram simultaneamente na África Austral a partir de encontros coloniais em que o Deus cristão foi africanizado e os ancestrais africanos foram "espiritualizados e sacralizados", em mediações interculturais contingentes. No final do século XX, essas descobertas, invenções e mediações foram formalizadas no estudo acadêmico da religião por meio da inclusão da religião tradicional africana como uma variedade da categoria mais ampla da religião indígena (SHARPE, 2014, p. 18-19).

Religião Tradicional Africana (RTA), como se observou, é uma construção etnocêntrica recente. Muitos africanos não veem sua prática tradicional como religião, no sentido moderno ocidental que essa palavra alcançou, mas como práticas ancestrais inerentes à sua existência como partícipe de uma comunidade, de uma sociedade, pois as religiões tradicionais não são individuais, mas coletivas e comunitárias (MBITI, 1970, p. 3). Nesse sentido, aquele que deliberadamente viola as ordens e regras divinamente estabelecidas está submetendo sua família e comunidade a infortúnios e sofrimentos, pois sua falta é, por extensão, a de seu próprio povo (FÁTÓKUN, 2013, p. 71).

Utilizar-se-á, portanto, Religião Tradicional Africana para se referir às práticas ancestrais dos diversos povos africanos, como o fez Jacob Olúpọ̀nà (2014, p. 43) quando escreveu que a RTA "se refere às religiões indígenas ou autóctones dos povos africanos, tratando de cosmologia, rituais, símbolos, artes, sociedade, relacionando-se com a cultura e a sociedade", mesmo que esse conceito de RTA não seja completamente adequado para abarcar a diversidade de um continente que possui 1,3 bilhão de pessoas[4], distribuídas em 54 países, mais de 490 grupos étnicos e quase um milhar de línguas, mas é o que será utilizado, em razão de sua adoção por muitos pesquisadores e que deverá servir para a compreensão do leitor.

---

4. Disponível em: https://www.populationpyramid.net/africa/2019/. Consultado em 10/08/2021.

Pode-se perguntar por que se utiliza "tradicional" e não apenas "religião africana". Na verdade, poder-se-ia utilizar apenas "religião africana", mas essa expressão é tão genérica, que poderia denominar, também, as religiões cristãs que se desenvolveram em território africano. Desse modo, o uso da palavra "tradicional" corresponde ao patrimônio cultural e religioso legado pelos ancestrais[5] e transmitido de geração em geração. Na linguagem religiosa, o termo "tradição" significa a transmissão daquilo que é oriundo do mundo supernatural (por alguns chamado de mundo espiritual, sobrenatural), que foi mantido e resguardado pelos ancestrais e cuja mantença preserva o passado e dá compreensão ao presente e ao futuro (MABUNDU, 2014, p. 54). De qualquer modo, é necessário observar que o conceito de tradição ou tradicional, como algo monolítico e imutável, não cabe às práticas tradicionais africanas, uma vez que elas se adaptam constantemente a novos costumes e realidades, demonstrando toda a sua vitalidade (PARÉS, 2016, p. 38).

Efetivamente, a capacidade de se apropriar de objetos alheios e interpretá-los segundo valores e preceitos locais, investindo-os de novos significados e representações, a serviço das necessidades

---

5. Os ancestrais são geralmente os anciãos falecidos (de qualquer gênero) que passaram do reino dos vivos para o dos super-humanos. Eles mantêm a associação em sua família, comunidade, clã e grupos de parentesco. [...] Muitas sociedades africanas ancoram seus valores morais na crença nos ancestrais, que são considerados os guardiões finais dos costumes da família (OLÚPỌNÀ, 2006, p. 8; 11).

do momento, forma parte do gênio religioso africano. [...] que chamei de "princípio de agregação" como elemento estruturante do processo que levou à formação de cultos a múltiplas divindades (PARÉS, 2016, p. 38-39).

Para MBITI a religião faz parte do patrimônio cultural africano, sendo de "longe a parte mais rica da herança africana" (1975, p. 9). Para esse autor, a religião "dominou o pensamento dos povos africanos a tal ponto que moldou sua cultura, sua vida social, sua organização política e atividade econômica". Acrescenta que a religião é indissociável do "modo de vida tradicional africano" e que esse modo de vida também "moldou a religião" (id.).

ÌDÒWÚ, citado por ỌLÁDIPỌ̀ (2004, p. 356), afirma que a estrutura das Religiões Tradicionais na África (aqui se tem a forma plural, que é outro modo corrente de uso) se baseia em alguns pontos em comum: crença em um Ser Supremo, crença em divindades auxiliares, crença em espíritos, crença em ancestrais e a prática da medicina tradicional. A boa relação entre todos esses entes, que representam o cosmo religioso, é o esteio de uma boa vida. Se essa relação é falha, pode-se experimentar diversos infortúnios, como doença, fome, sofrimento, perdas, humilhação e outros.

Entretanto, para ỌLÁDIPỌ̀ (id.), em que pese algumas semelhanças, não significa que todas as Religiões Tradicionais Africanas sejam iguais, mas há aspectos que se assemelham, como a visão que têm a respeito do Ser Supremo, que é considerado o Criador de tudo e de todos, que possui transcendência, onisciência, onipotência, mas sem templos, sacerdotes, festivais anuais em Sua homenagem, imagens que O representem etc.

> Mitos de muitas culturas africanas descrevem a supremacia do Ser Supremo e O colocam acima das outras divindades do panteão. Às vezes, os seres supremos são entendidos como mulheres e homens que se complementam como marido e mulher ou irmão e irmã, semelhantes a Mawu-Lisa na religião dos Fon de Benin. [...] Embora o Ser Supremo seja um deus criador, o trabalho de criar o universo, especialmente quando tais atos envolvam trabalho físico, é frequentemente delegado a divindades subordinadas que agem de acordo com as instruções do Ser Supremo. [...] Em muitos mitos, o Ser Supremo, depois de criar o universo, se retira a uma distância confortável e delega os assuntos do universo a divindades menores (OLÚPỌNÀ, 2006, p. 8).

Diferentemente das religiões ocidentais, as religiões tradicionais africanas não fazem diferença entre o profano e o sagrado, pois este permeia todos os setores da vida, "sendo impossível distinguir nitidamente o espiritual do material nas atividades cotidianas" (RIBEIRO & SALAMI, 2004, p. 85). Assim, o ser humano está sempre em um mundo sagrado, no qual o Ser Supremo observa constantemente Suas criaturas.

> Como as religiões tradicionais permeiam todos os departamentos da vida, não há distinção entre o sagrado e o secular, entre o religioso e o não religioso, entre a área espiritual e a material. Onde quer que o africano esteja, aí está a sua religião: leva-a para os campos onde semeia ou faz uma nova colheita; ele a leva para uma festa ou para uma cerimônia fúnebre (MBITI, 1970, p. 2).

Por isso o propósito de vida para a maioria dos africanos é adquirir bom caráter, que possui os seguintes aspectos: hospitalidade, generosidade, gentileza, humildade, repúdio à maldade e à iniquidade, elevada consideração pela verdade e retidão, respeito aos acordos, grande consideração pela honra e respeito aos mais velhos (ỌLÁDIPỌ̀, 2004, p. 356). O bom caráter, o comportamento exemplar, ações honestas e benfazejas trarão àqueles que assim o fazem a força, Axé[6], que "pode ser adquirida ou transmitida; e podendo aumen-

---

6. Segundo o dicionário Priberam, Axé quer dizer "energia vital de cada ser, força, energia sagrada de cada Orixá, conjunto de objetos onde essa força reside, casa de culto do Candomblé; expressão usada para se desejar felicidade". Disponível em https://dicionario.priberam.org/axe, consultado em 06/07/2021.

tar até atingir sua expressão máxima ou diminuir até o esgotamento total" (RIBEIRO & SALAMI, 2004, p. 85).

Destaca-se que as religiões tradicionais africanas não possuem o conceito de mal como é observado no ocidente, nem um ser que o "encarne", como Satã ou Lúcifer. Infelizmente, Èṣù (Exu), Òrìṣà (Orixá - divindade) do panteão iorubá[7], desde a edição do livro *A Vocabulary of the Yorùbá Language* (Vocabulário da língua iorubá), escrito pelo Bispo anglicano Samuel Àjàyí Crowther (iorubá, nascido na Nigéria), publicado pela primeira vez em 1843, difundiu-se a tradução Èṣù com as palavras "diabo", "satã", "Lúcifer" e seus correlatos, e Èṣù passou a ser visto como algo malévolo. Assim, Èṣù, uma das principais divindades do panteão iorubá e mais próximo de *Olódùmarè* (Ser Supremo iorubá), se tornou o diabo e a representação do mal. Com o aportuguesamento do étimo Èṣù como Exu, este passou a não mais designar uma divindade, mas um complexo de "entidades espirituais" das religiões afro-brasileiras ligadas a práticas malévolas e materialistas. Cumpre notar que o Bispo Crowther não foi o primeiro a dizer que Èṣù era o diabo, mas apenas registrou o que os missionários cristãos, que chegaram à Nigéria no final do século XVIII, já o faziam, especialmente por Èṣù ter ligação com o ato sexual e a virilidade masculina. Por extensão, as di-

---

7. Grupo étnico que é distribuído em partes da Nigéria, Togo e Benin.

vindades *Legba* e *Pambu Njila*, dos panteões jêje e banto, respectivamente, que possuem características próximas a Èṣù, também foram associadas ao mal.

Há alguns entendimentos que dão às religiões tradicionais africanas um sentido menor ao serem classificadas como religiões politeístas, afirmando que as religiões monoteístas seriam superiores. Há nisso um erro, conforme aponta OPOKU (1978, p. 5):

> A questão fundamental, no que diz respeito ao politeísmo, está na relação existente entre os deuses e o panteão, e, aqui, a crença religiosa dos egípcios, babilônios e gregos, que são exemplos clássicos do politeísmo, pode lançar considerável luz na nossa compreensão do termo. No politeísmo clássico, os deuses no panteão são independentes uns dos outros. Um dos deuses pode ser considerado como chefe, mas ele nunca poderá ser visto como criador dos outros deuses. Na Religião Tradicional Africana, no entanto, o quadro é totalmente diferente: Deus, o Ser Supremo, está fora do panteão de deuses. Ele é o Criador eterno de todos os demais deuses, do homem e do Universo. Isto O faz absolutamente único, e Ele se distingue de outros deuses ao ter um nome especial. Este nome é sempre no singular, e não é um nome genérico, como Obosom (para os Akan) ou Òrìṣà (para os Yorùbá).

Todas as outras divindades possuem um nome genérico em adição ao seu nome específico. Esta é a maneira africana de mostrar a unicidade de Deus.

Assim, de forma geral, podemos dizer que as religiões tradicionais africanas são henoteístas, ou seja, há um(a) Deus(a) Criador(a) de tudo e de todos e há as divindades auxiliares, que recebem suas habilidades do Ser Supremo, que podem ser representadas por aspectos da natureza (água, fogo, trovão, raio etc.), aspectos históricos (guerreiros, caçadores etc.) e por atividades (agricultura, ferraria etc.) (LOPES, 2008, p. 98). As comemorações e rituais dedicados a essas divindades são celebrados por meio de música, dança, orações, sacrifícios, alimentos etc. Esses rituais, em sua maioria, são realizados coletivamente e é por meio deles que há a comunhão com as divindades. Há aspectos comuns a esses rituais, que visam a um bom relacionamento entre os seres humanos, entre estes e as divindades, entre os seres humanos e a natureza e é esse relacionamento que dá sentido ao próprio ritual.

>As religiões nativas da África Ocidental são tribais, isto é, não universais e, mais importante, não exclusivas. Diferentes religiões [...] coexistem e às vezes até coabitam no mesmo território. Sua tolerância é facilmente explicada. As religiões tribais não trazem nenhuma mensagem universal basea-

> da na revelação. Os ancestrais da Tribo servem como uma ponte entre Deus e os homens. Cada tribo tem seus deuses, válidos para ela, mas que ela não tenta impor às outras tribos. [...] Em nenhum caso a religião é uma escolha pessoal. [...] Os deuses não são bons nem maus. Deus não é um pai justo que recompensa e pune. [...] A[s] tribo[s] da África Ocidental pode[m] ser adaptativa[s] e eclética[s] em divindades extra-tribais, ou seja, em outros deuses (WARREN, 1970, p. 156-157).

Os rituais de passagem representam a quebra de laços com a antiga identidade, por meio da raspagem dos cabelos, provas de força, jejuns, purificações, escarificações, entre outras, que levam a um estado de transição, no qual se é incorporado a um novo modo de existência.

A oralidade, forma principal de disseminação de conhecimento, característica das sociedades africanas, é a marca das suas tradições, nas quais o poder da fala é utilizado para transmitir mensagens, por meio das recitações de fatos épicos, louvores e orações, expressando preocupações, questionamentos, solicitando saúde, riqueza, filhos, demonstrando gratidão etc.

Outra característica importante das práticas religiosas na África, como já foi citado, é a reverência aos ancestrais, aos espíritos dos antepassados, que são vistos como se ainda estivessem vivos e partícipes do dia a dia da comunidade, mantendo a sua ordem social. O respeito aos anciãos, aos mais velhos, faz parte dessa forma de lidar com ancestrais, pois aqueles são vistos como mais próximos desses.

Várias culturas africanas desenvolveram um intrincado sistema ético, composto por um conjunto de costumes, regras e tabus. Crê-se que a moral (aplicação da ética na vida prática) se originou do Ser Supremo e foi transmitida aos seres humanos como elementos da própria criação pelas divindades auxiliares e preservados pelos ancestrais. Esses valores morais estão, assim, embutidos no *ethos* religioso e na cosmologia (OLÚPỌNÀ, 2006, p. 10).

As regras que regem a conduta social e as relações comunitárias tendem a ser rigorosas, pois o bem-estar do grupo é muito valorizado. Os direitos humanos fundamentais são frequentemente vistos como importantes não para o bem dos indivíduos, mas para a sobrevivência coletiva do grupo. A moral da comunidade governa a unidade familiar, desde parentes maternos e paternos até famílias extensas, clãs e linhagens. [...] Para promover o bem-estar comunitário, as sociedades estabeleceram tabus e consequências ao quebrá-los. Casamento com um parente próximo, incesto e desrespeito à propriedade e à vida são tabus. É proibido na maioria dos lugares os jovens desobedecerem aos mais velhos. Isso ocorre porque os africanos assumem que respeitar os mais velhos é uma forma de reconhecer a riqueza de suas experiências, suas contribuições para o crescimento da comunidade e por estarem mais próximos do mundo dos ancestrais (id.).

Os sacerdotes tradicionais, por sua vez, são considerados como pessoas especiais, que podem se comunicar com os ancestrais e seres sobrenaturais, de forma a atender àqueles que os procuram. Em razão de seu grande conhecimento, alcançado por meio de muitos anos de dedicação e aprendizado, diz-se que podem fazer vaticínios (por meio de oráculos divinatórios, sonhos premonitórios, entre outros), resolver problemas cotidianos, providenciar a cura para diversos males (do corpo e do espírito), oferecer proteção contra feitiços e seres malévolos, prescrever medicinas e assim por diante.

As religiões afro-brasileiras – introdução

Não se sabe quantas religiões afro-brasileiras existiram e existem no Brasil. Neste trabalho, buscou-se trazer aquelas que já foram estudadas e que são vistas como as mais praticadas. Não se quer, sob nenhuma hipótese, hierarquizá-las ou dar algum ar de superioridade a nenhuma delas, como já o fizeram outros pesquisadores. Tampouco se usará o termo sincretismo (ou hibridismo, amalgamento, aglutinação, bricolagem) para fazer juízo de valor sobre essa ou aquela religião, sob o condão de demonstrar ser esta ou aquela mais próxima da origem e, portanto, mais "pura".

Os estudos afro-brasileiros enfatizam uma distinção entre as religiosidades marcadas pelas tradições da África Ocidental, dos povos jêjes e nagôs (falantes de línguas gbe e yorubá, respectivamente), e aquelas marcadas pelas tradições da África Central, dos povos kongoangola (falantes de línguas bantu). As primeiras são valorizadas por sua suposta pureza ritual e fidelidade africana, e incluiriam o tambor de mina, o xangô e o candomblé, no Nordeste do Brasil. Nelas, o tambor, o uso litúrgico de línguas africanas, técnicas de adivinhação como o jogo de búzios, processos de iniciação e sacrifícios animais seriam fundamentais. As segundas, mais permeáveis e tendentes à mistura, estariam na base do candomblé de caboclo, a cabula (hoje extinta), a macumba, a quimbanda e, em última instância, a umbanda, a religião nacional nascida no Sul do país. Nestas, a iniciação e o sacrifício animal são menos frequentes, a língua portuguesa é quase exclusiva, e as consultas aos caboclos, mestres e encantados substituiriam as adivinhações (PARÉS, 2018, p. 377).

Além disso, desde a África já havia misturas entre povos, com assimilações de práticas religiosas, costumes e culturas, que não as desclassificam, mas mostram como o pensamento africano é, em síntese, agregador, como já se disse. Nesse sentido, o Prof. Dr. Vagner Gonçalves da Silva, ensina:

> Os contatos entre as várias nações africanas e entre estas e os brancos já eram frequentes em períodos anteriores à deportação dos grupos negros para o Brasil. Devido às relações de aliança ou de dominação entre os reinos africanos, era comum que cultos e divindades se difundissem de uma região para outra, como a adoção pelos iorubás de alguns dos deuses do Daomé e vice-versa (SILVA, 2005, p. 29).

De qualquer modo, tem-se que a formação religiosa brasileira é, por si só, diversa e plural; portanto, não cabe purismo, hierarquização de importância ou alegada superioridade de alguma religião sobre outra.

> A busca da pureza na religião afro-brasileira tem se mostrado inconsequente. Embora alguns grupos tenham preservado mais do que outros o que foi ensinado por seus antepassados africanos, não existe cultura estática e seria impossível uma religião, trazida da África por escravos, sobreviver, durante tantos anos, sem sofrer transformações e sem integrar nada da religião do colonizador, dos

povos nativos e de outros povos com os quais o negro entrou em contato no Brasil do período colonial até os nossos dias. São bem conhecidas as trocas culturais ocorridas em nosso país entre africanos, em virtude da dispersão e contato provocados pelo comércio de escravos, da solidariedade nascida entre grupos, às vezes rivais nas senzalas e quilombos, e da consciência da situação que irmanava etnias diferentes, que fazia emergir uma nova identidade negra (FERRETI, 1994, p. 21).

Os processos históricos que formaram as religiões afro-brasileiras dão conta de que elas são e foram importantes para o estabelecimento e a manutenção das comunidades afro-diaspóricas, para a resolução dos seus problemas e conflitos e eram das poucas coisas que essas comunidades, compostas quase sempre por pessoas com pouco acesso aos equipamentos estatais e serviços públicos (saúde, educação e segurança), dispunham para a resolução de seus problemas.

Há um consenso em atribuir ao médico-legista Nina Rodrigues o pioneirismo nos estudos das práticas religiosas afro-brasileiras, no final do século XIX, especialmente com a obra *As raças humanas e a responsabilidade penal no Brasil*, publicada pela primeira vez em 1894. A partir dele é que a expressão "religiões afro-brasileiras" passa a ser utilizada, mas, em grande parte, no sentido pejorativo, pois o etnocentrismo, a acusação de feitiçaria, a desqualificação da prática e de seus adeptos, bem como as ilações de problemas mentais (esquizofrenia, histeria, demência) eram empregadas para se referir a elas. Isso começou a mudar a partir dos anos 1930 com o etnólogo Édison Carneiro, com seu livro de estreia *Religiões Negras*, publicado em 1936.

A maioria dos pesquisadores admite que o modo de vida africano, baseado essencialmente no bem-estar comunitário e na vida em sociedade, não foi possível reproduzi-lo em solo brasileiro, em razão das condições a que os escravizados foram submetidos e também por causa do forçado rompimento de seus laços parentais que impediram sua sobrevivência. Para tanto, um complexo processo inovador de reinstitucionalização foi gestado, objetivando a manutenção de algumas de suas características, dando surgimento ao que se convencionou chamar de religiões afro-brasileiras, que só adquiriram respeito ao se constatar a riqueza cultural delas e seus elaborados e requintados rituais, e ao serem despidas dos conceitos de primitivas, totêmicas (adoração de totens) e fetichistas (atribuir poderes mágicos a objetos) que eram comuns até o século XIX e que representavam o pensamento hegemônico europeu no estudo das tradições religiosas não cristãs.

As religiões afro-brasileiras, de um modo ou de outro, estão enraizadas no pensamento africano. Infelizmente, muitos dos que as pesquisaram, levaram seus leitores a ter a impressão de que seriam apenas um sistema de superstições e não uma filosofia coerente sobre o destino do homem e do cosmos. Por outro lado, nos últimos anos, a literatura que aborda questões relativas a essas religiões tem tentado entender o movimento dinâmico que lhes é peculiar, bem como a forma como elas dialogam com a sociedade e com outras tradições (BASTIDE, 1974, p. 121).

Na diáspora africana, a chefia da família, clã ou grupo social, que era fundamental nas sociedades na África, passou a ser exercida por sacerdotes e sacerdotisas, reproduzindo as mesmas funções de liderança, elevando seu status social, em razão de seu papel de destaque nas comunidades afro-religiosas.

Du Bois se referia ao sacerdote africano como guardião da tradição religiosa africana e o mediador da mudança religiosa sob a escravização na América. Como resultado da colonização, tráfico e escravização, as formações sociais africanas foram destruídas, "no entanto, alguns vestígios foram retidos da vida do antigo grupo". Du Bois observa: "a principal instituição restante era o Sacerdote ou Curandeiro". Com a destruição das relações sociais africanas estabelecidas de parentesco e soberania política, que tinham o seu próprio significado religioso em África, o sacerdote africano representou um foco relativamente móvel e transportável da vida religiosa. Assumindo múltiplos papéis, operando como bardo, médico, juiz e sacerdote, o especialista em rituais africanos "[...] encontrou sua função como médico dos doentes, intérprete do desconhecido, confortador do sofrimento, vingador sobrenatural, e aquele que rude, mas pitorescamente expressou o anseio, desilusão e ressentimento de um povo roubado e oprimido" (FROBENIUS, 2014, p. 193).

A organização dos templos afro-religiosos é diferente para cada uma das religiões, mas a figura do(a) Dirigente, chamado normalmente de "Pai de Santo" ou "Mãe de Santo", é central. Em cada uma das religiões afro-brasileiras haverá uma infinidade de cargos e funções para as quais existirá um aprendizado específico, tais como os tocadores de instrumentos musicais, os que farão o plantio e a colheita das ervas utilizadas nos rituais, a preparação dos alimentos votivos e oferendas, a preparação dos espaços ritualísticos, a limpeza e conservação dos imóveis, o cuidado com os noviços etc. Será o(a) Dirigente o(a) responsável pelo preparo e treinamento de todas as atividades que serão realizadas.

Nas religiões afro-brasileiras há o uso de complexa e intricada farmacopeia, que oferece às pessoas tratamento para doenças do corpo e da alma; sacerdotes e sacerdotisas são afamados pelos sucessos na aplicação dessa medicina tradicional e pela solução dos problemas. Além da rica farmacopeia, há a utilização de oferendas e sacrifícios feitos às divindades, que normalmente são prescritos depois de uma consulta oracular, principalmente o *Jogo de Búzios*, ou prescrição feita por alguma entidade manifestada por meio do transe.

As religiões afro-brasileiras no contexto urbano[8]

Não se pode limitar a presença de escravizados apenas nas fazendas e em atividades agrícolas, é preciso levar em conta sua presença nos centros urbanos, bem como sua participação em irmandades católicas negras em ambientes citadinos, que começaram a proliferar a partir do século XVII, como as irmandades de Nossa Senhora do Rosário, São Benedito, Santa Efigênia e outras.

As religiões afro-brasileiras são fenômenos urbanos que datam de mais de 300 anos; seu crescimento e importância, no entanto, se dá a partir do final do século XIX. Para Nei Lopes (2008, p. 98), no início, as práticas eram individuais, dedicadas "à cura física e psíquica de pessoas necessitadas" por meio de "adivinhação, limpeza espiritual, rezas, prescrição de medicamentos e outros procedimentos"; com o passar dos anos e a vinda de diversos grupos étnicos, vê-se formar o que se chamou de *Calundu*, definido pelo Prof. Robert Daibert (2015, p. 18) como

---

8. Para maior compreensão da relação religiões afro-brasileiras e contexto urbano, recomenda-se o artigo do Prof. Dr. Vagner Gonçalves da Silva, *O terreiro e a cidade nas etnografias afro-brasileiras* (Revista de Antropologia, 36, 1993, 33-79.).

ritual religioso de origem centro-africana praticado no Brasil, principalmente na Bahia e em Minas Gerais, durante o período colonial. Embora seja evidente a presença de uma variedade de ritos distintos que recebiam o nome de calundu, muitos tinham em comum o uso de instrumentos de percussão, a invocação de espíritos (muitas vezes de defuntos a quem se faziam oferendas), a possessão, a adivinhação e a busca da cura de doenças (Souza, 1986: 269; Marcussi, 2009: 6). Nas sessões de calundu, muitas pessoas buscavam a cura de distúrbios mentais, perturbações espirituais ou mesmo doenças físicas como tuberculose, varíola, lepra, entre outras (Silveira, 2009: 18). Por meio da adivinhação, parte inerente ao ritual, também era possível descobrir a localização de objetos perdidos, revelar se um acusado de um crime era culpado ou inocente, quais eram as causas de uma doença, entre tantas outras revelações (Sweet, 2007: 145). Os calundus não eram realizados em templos nem em terreiros específicos para fins religiosos. Seus rituais aconteciam em espaços domésticos das casas e fazendas, atraindo grande número de pessoas de vários segmentos sociais, não se restringindo o público apenas a escravos e afrodescendentes livres.

O *Calundu* é considerado por muitos pesquisadores como a primeira manifestação afro-religiosa mais ou menos institucionalizada, que ia além do atendimento doméstico a clientes de toda sorte, para algo ritualizado, como se viu. No entanto, assim como a *Santidade*, famosa heresia indígena do século XVII, a extinção do *Calundu* se deu por completo.

Ainda assim, foi em torno dos responsáveis pela prática do *Calundu* que se formaram as congregações religiosas, com "organização cada vez mais complexa, tanto no panteão das divindades cultuadas quanto na hierarquia sacerdotal e na ritualística" (LOPES, 2008, p. 99). Desse modo, vinda com os africanos escravizados, a sua prática religiosa foi sincretizada com o catolicismo popular, práticas indígenas, práticas de outros grupos étnicos africanos e, a partir dos anos 1860, com o espiritismo kardecista, de forma que combinadas entre elas, em maior ou menor grau, geraram variações regionais, que deram em outras religiões, como: *Terecô, Cabula, Candomblé, Tambor de Mina, Macumba, Batuque, Xambá, Umbanda* e outras.

Há que se destacar que o sincretismo das divindades africanas com os santos católicos observa uma variação geográfica, que se diferencia entre Estados da Federação. Como exemplo, pode-se citar o sincretismo do Orixá *Ogun* com São Jorge ou São Sebastião e da Orixá *Iansã* com Santa Bárbara.

Apesar de uma história de contínua discriminação e perseguição, ao lado de ocasional tolerância seletiva, as religiões afro-brasileiras ofereceram um espaço único para a reprodução transformadora dos valores, comportamentos e formas de sociabilidade africanos, que tiveram um efeito duradouro na cultura nacional brasileira. A luta dos templos por legitimidade e reconhecimento foi expressa em uma tensão latente entre aqueles que alegavam uma suposta pureza ritual africana e aqueles acusados de sincretismo, uma divisão para a qual os estudiosos muito contribuíram e que orientou seus esforços classificatórios (PARES, 2021).

Em que pese a discussão sobre os motivos do sincretismo, esse amalgamento existe e é a forma como muitas dessas religiões são expressas em sua prática litúrgica[9] (PARÉS, 2018, p. 401).

Apesar dos elementos comuns de cura, adivinhação, sacrifício, possessão espiritual, iniciação e festividades, a gênese das religiões afro-brasileiras foi marcada por surpreendente pluralismo e ecletismo que levou a uma ampla gama de variações regionais. As especificidades demográficas

---

9. Para uma melhor compreensão do sincretismo, recomenda-se a obra de Sergio Ferretti, *Repensando o Sincretismo* (São Paulo: EDUSP: 2013).

e culturais dos escravizados em cada lugar, bem como as circunstâncias históricas locais, determinaram processos distintos de síntese criativa entre as várias tradições africanas e entre estas e o catolicismo ibérico hegemônico, as práticas de cura ameríndias, entre outras. A circulação de ideias e sacerdotes pelo país e entre a África e o Brasil depois do fim do tráfico atlântico de escravizados também contribuiu para a consolidação, no século XIX, de um campo religioso afro-brasileiro (PARÉS, 2021).

Além disso, termos específicos do espiritismo kardecista foram utilizados para expressar fenômenos presentes nessas religiões: médium, mediunidade, karma, espírito, incorporação, mentor espiritual, entre outros. Há que destacar, também, que houve um amalgamento entre as práticas africanas, em que as trocas culturais se fizeram presentes.

Como dito anteriormente, há algumas características religiosas que se assemelhavam entre as diversas etnias africanas trazidas ao Brasil. Por possuírem um "enfoque pragmático na resolução dos problemas deste mundo, o dinamismo e a flexibilidade das suas práticas religiosas foram fundamentais para a sua rápida reativação no seio da sociedade escrava brasileira" (PARÉS, 2021).

Particularidades afro-religiosas no Brasil

Como bem observou SARAIVA (2021, 471), as religiões afro-brasileiras são caracterizadas, essencialmente, pelos estados alterados de consciência, chamados de transe mediúnico e possessão espiritual, alcançados durante os rituais, que resultam em movimentos corporais incontrolados, perda de memória, mudança do tom de voz que são vistos como manifestações do sagrado, facilitados pelas músicas sacras entoadas e pela percussão dos instrumentos, aliados à dança e, em alguns casos, pelo consumo de beberagens feitas com plantas enteógenas.

A capacidade de uma pessoa entrar em transe é altamente valorizada e é crucial para todo o sistema religioso afro-brasileiro[10]. Esse transe é usualmente considerado como bárbaro, decorrente do fetichismo e animismo característicos de povos atrasados e inferiores. Essa análise preconceituosa tem marcado publicações diversas, que são utilizadas como campanhas difamatórias das religiões afro-brasileiras.

Observa-se que as particularidades das religiões afro-brasileiras ocorrem em razão da combinação de elementos que compõem seus rituais, diretrizes e concepções, incluindo-se o ambiente histórico, geopolítico e cultural em que foram formadas.

---

10. Para maior compreensão do transe mediúnico, utilizado neste livro, recomendo a obra de Roger Bastide: *O sonho, o transe e a loucura* (São Paulo: Três Estrelas, 2016)

Candomblé e *Umbanda*, atualmente, são as religiões afro-brasileiras sobre as quais mais se escreveu, por serem praticadas na maioria dos Estados e por terem o maior número de adeptos. Mas é o termo *macumba*, nome de um instrumento musical de percussão, o mais utilizado para se referir às religiões afro-brasileiras, geralmente em sentido pejorativo, significando feitiço e magia negra; mas não foi sempre assim, pois, no final do século XIX e início do século XX, havia nos jornais do Rio de Janeiro anúncios de orquestras de tocadores de *macumba*, que animavam os festejos cariocas. A partir de 1910, porém, o termo *macumba* passou a ser usado em sentido negativo:

> [Na macumba], originalmente, a contribuição cultural do negro foi, sem dúvida, fundamental; toda sua mítica e liturgia deixa transparecer essa influência, de origem principalmente nagô. Hoje, porém, já se pode dizer que é tão forte [...] a influência mítica e litúrgica da religião católica. O elemento indígena [...] – resultante da vaga recente de indianismo literário – também contribui com parcela apreciável. E mais que isso – tanto na mítica, como nos ritos e na liturgia, concorrem na macumba – ou, como seria melhor dizer, nas macumbas – a magia de todos os tempos e de todas as origens, superstições de evidente selo medieval, crenças e práticas espíritas, toda sorte de elementos mágico-simbóli-

> cos que florescem em toda parte como concepções
> de *folk* sobre o mundo e a vida, *tudo isso jazendo – é
> preciso que se diga – sobre uma grossa camada de
> profunda e lamentável ignorância, que é a ligadura
> mais forte que se encontra prendendo todos esses ele-
> mentos numa aparente unidade de crença e de culto*
> [grifo nosso] (COSTA PINTO, 1953, p. 242).

Costa Pinto afirma que, apesar de a *Macumba* estar em "lamentável ignorância", sua síntese explicava

> que pessoas vindas de outras partes, brasilei-
> ros de outros Estados, estrangeiros de todos os
> países, crentes de todas as religiões, filiados de to-
> das as seitas – sentiam-se à vontade na Macumba,
> e sentiam nela um pouco de sua própria crença,
> pois nela encontram a Pajelança e o Candomblé,
> o Tambor de Mina e o Catimbó, o bozó e o des-
> pacho, a superstição e o exorcismo, os deuses e
> demônios, o espiritismo e o xamanismo, catolicis-
> mo e protestantismo, uma virgem benfazeja, um
> patriarca barbudo, um diabo feio e tudo quanto
> (COSTA PINTO, 1953, p. 242-243).

Arthur Ramos (1940, p. 175) afirma que "Macumba é um termo genérico em todo o Brasil, que passou a designar não só os cultos religiosos do negro". Continua, o autor:

No Brasil a Macumba, como religião e ritual mágico, recebeu várias denominações, segundo o lugar. Chama-se Candomblé na Bahia., termo que, como macumba, significava primitivamente dança e um instrumento de música e que, por extensão, passou a designar a própria cerimônia religiosa dos negros. Nos Estados do Nordeste, as expressões "Xangô" e "Catimbó" são frequentes, enquanto que no Norte a religião dos "caboclos" começa a denominar-se "pajelança" em virtude da influência cada vez maior do contingente ameríndio (de pajé, feiticeiro entre os índios brasileiros) (RAMOS, 1942, p. 145-146).

O *Candomblé*, organizado no início do século XIX, no Estado da Bahia, carrega elementos da religiosidade encontrada na África Ocidental, em razão do grande número de escravizados vindos dos atuais Benin e Nigéria.

Condomblé é a denominação usada no Brasil para nomear as religiões aqui recriadas pelos vários grupos iorubás e jêjes vindos do oeste africano, expressas no culto a Orixás e Voduns. A presença jêje, anterior à iorubá, é atestada no Brasil, na região das Minas Gerais, já durante o Ciclo do Ouro [séc. XVII]. Datam daí, certamente, os primeiros contatos, em solo brasileiro, de africanos desta procedência com aqueles provenientes dos territórios bantos do Congo e de Angola, o que foi determinante na formação do Candomblé (LOPES, 2008, p. 104).

No Sudeste, especialmente Rio de Janeiro e São Paulo, vemos o surgimento da *Umbanda*, a partir dos anos 1920, como uma manifestação urbana da *Cabula* (vinda do Espírito Santo) e da *Macumba*, com forte presença banto (Congo, Angola e Moçambique). LAPASSADE (1972, p. 3) destaca a ligação da *Umbanda* com a *Macumba*:

> Macumba é o termo popular corrente, no Rio e em outros lugares do Brasil, para indicar as práticas religiosas inspiradas, ao mesmo tempo pelas religiões africanas, pelo catolicismo e pelo espiritismo kardecista. Os dirigentes dos centros de macumba e, sobretudo, as Federações Umbandistas do Rio [...] não gostam do termo macumba e se esforçam por substituí-lo por umbanda, que é a apelação oficial da nova religião.

O *Xangô*, semelhante ao *Candomblé* da Bahia, se origina em Pernambuco sob forte influência iorubá (Nigéria). O *Tambor de Mina*, do Estado do Maranhão, é influenciado sobejamente pelas etnias jêje, ewe e fon do Benin, enquanto o *Tambor de Nagô* o foi pela etnia iorubá. No mesmo Maranhão encontramos *Terecô* (ou *Tambor da Mata*), que se formou pelo encontro de várias etnias africanas levadas à região de Codó, para as fazendas de algodão.

O *Batuque*, típico do Sul do país, traz elementos de todas as etnias africanas presentes no Brasil, num complexo ritualístico extremamente grande e diversificado.

Já no Norte do Brasil, vemos a formação da *Encantaria* e do *Babaçuê*, oriundas das trocas culturais entre negros e indígenas, que incorporaram elementos africanos, mas focam na manifestação de seres das tradições indígenas. O transe é facilitado pelo uso do tabaco e da jurema, bebida preparada com partes da árvore jurema (*Mimosa tenuiflora*). A mesma jurema é utilizada em outras partes do Nordeste, especialmente no *Catimbó*, encontrado na Paraíba, Pernambuco e Rio Grande do Norte.

Ainda, no Norte e Nordeste, e há alguns anos no Sudeste, observa-se o uso da *ayahuasca*, bebida enteógena formada pela combinação do cipó mariri (*Banisteriopsis caapi*) com as folhas de chacrona (*Psychotria viridis*), que é consumida em várias cerimônias religiosas.

A *pajelança*, prática espiritual indígena, típica de diversas tribos brasileiras, influenciou diretamente diversas práticas afro-religiosas, desde a *Santidade*, no século XVII, até a *Umbanda*, no século XX.

Na Bahia, a miríade de cultos e práticas, mais ou menos amalgamadas com outras, encontraram terreno fértil para seu crescimento. Além do *Candomblé* e de todas as suas nações (queto, jêje e angola), do *Candomblé de Caboclo* e do culto de *Egungun*, temos o *Jarê*, que foi pouco estudado.

Os adeptos das religiões afro-brasileiras

Ruth Landes em seu livro *A Cidade das Mulheres* aponta que há uma proeminência de mulheres entre adeptos das religiões afro-brasileiras. Cita a tradição de consagrar apenas mulheres como líderes máximas, nas chamadas casas matrizes do *Candomblé Queto*: *Ilê Axé Iya Nasô Oká* (Terreiro da Casa Branca do Engenho Velho), *Ilê Iyá Omi Axé Iyá Massê* (Terreiro do Gantois) e *Ilê Axé Opô Afonjá*. Interessante notar que todos esses templos de *Candomblé* possuem sociedades que lhes dão vida jurídica, cujos nomes são católicos: Sociedade São Jorge do Engenho Velho, Sociedade São Jorge do Gantois e Centro Cruz Santa do Axé do Opô Afonjá.

Apesar da proeminência das mulheres, há papéis específicos para homens e mulheres. Não se discutirá as questões de gênero nesta obra, pois este não é o escopo, mas é necessário lembrar que se está debatendo os papéis de gênero nas comunidades afro-religiosas, especialmente no caso de homens e mulheres trans.

A adesão a um templo afro-religioso se dá por diversas formas, dependendo de cada religião, porém é comum que o/a aderente tenha algum problema físico, econômico-financeiro, amoroso, espiritual etc., cuja solução lhe seja difícil, buscando-a por isso nesses espaços. Isso não quer dizer que todos os que encontram as soluções buscadas passem a fazer parte dessa comunidade religiosa, nem que uma pessoa busque um templo afro-religioso por algum problema, pois pode ser que ela se sinta simplesmente atraída a ela de alguma forma ou que essa adesão reflita uma tradição familiar.

Templos afro-religiosos que amalgamaram suas práticas com *reiki*, cromoterapia, quiromancia, cristalomancia, cartomancia, *thetahealing*, constelações familiares etc. têm atraído muitos jovens da classe média alta e alta, sob influência da *Nova Era*[11], movimento iniciado nos Estados Unidos em 1960, que contribuiu para a descaracterização das tradições religiosas afro-brasileiras, ao extirpar algumas práticas que possuíam, por considerá-las atrasadas e inservíveis à contemporaneidade. Como aponta CARVALHO (2005, p. 3), a religião afrodescendente (além da estética e da música), por essa ótica, deveria ser mitigada pela dominação do homem branco sobre o negro, usurpando o lugar deste como protagonista, corroborando com as ideias eugenistas do século XIX, com a constante negação de suas raízes históricas e anulação da importância do negro e do indígena na formação da sociedade brasileira.

---

11. Indica-se a leitura da reportagem publicada pela revista IstoÉ, em seu nº 233, datada de 30/07/2014, intitulada *As religiões afro conquistam a classe média* e a da revista Marie Claire, sob o título *Umbanda e Candomblé conquistam jovens descolados no Brasil*, de 28/08/2015, disponível em: https://revistamarieclaire.globo.com/Comportamento/noticia/2015/08/com-festas-e-sem-regras-tradicionais-umbanda-e-candomble-conquistam--jovens-descolados-no-brasil.html.

No mesmo sentido, o Prof. Reginaldo Prandi (1998, p. 156) observa o deliberado apagamento "de características de origem africana e sistemático ajustamento à cultura nacional de preponderância europeia, que é branca".

Observa-se, também, que os seguidores das religiões afro-brasileiras são de diversos estratos sociais, mas é na classe trabalhadora que se fazem mais presentes, camada social em que se localiza o maior número de negros; no entanto, os negros que historicamente foram os idealizadores das práticas afro-religiosas, sendo, por anos, seus líderes e propagadores, viram o grande afluxo de participantes não negros, que passaram, ao longo dos anos, a ocupar lugar de destaque, o que já havia sido apontado por Roger Bastide (1978, p. 299) em seu estudo, na década de 1950, sobre as religiões afro-brasileiras em São Paulo[12], afirmando que nessa cidade, "ainda mais do que no Rio de Janeiro, os brancos se infiltraram nesse movimento místico-mágico e, com sua presença, o afastaram ainda mais de suas origens africanas". De igual forma pensa Arthur Ramos (1940, p. 184), ao afirmar que "os mais célebres *Pais de Santo* no Rio são mulatos ou brancos. E as casas de negócio de *Macumba* [casas de artigos religiosos] do Rio e de Niterói estão nas mãos dos portugueses".

---

12. Recomenda-se a obra do Prof. Dr. Lísias Nogueira Negrão: *Entre a cruz e a encruzilhada: formação do campo umbandista em São Paulo* (São Paulo: EDUSP, 1996) para entender as fricções entre Macumba, Candomblé e Umbanda em São Paulo.

Na mesma esteira, tem-se COSTA (1988, p. 43), que destaca a influência do espiritismo kardecista, prática proveniente da França, e a consequente subalternização do negro ao branco na *Macumba* e a perda de suas funções de liderança.

> Quando contingentes de população branca pobre, conhecedora da doutrina do Espiritismo Kardecista começaram a ser atraídos para os terreiros de Macumba dos subúrbios e morros, onde moravam os negros ex-escravos em busca de soluções para seus problemas financeiros, amorosos, terapêuticos e lúdicos, levaram consigo para dentro da Macumba as teorias e procedimentos do Espiritismo Kardecista, bem aceito pela população branca. No processo histórico brasileiro, sempre que o homem branco penetra em um grupo organizado por negros, tende a assumir a chefia do grupo. Assim ocorreu com a Macumba. A entrada de brancos nos terreiros de Macumba os levou à chefia dos terreiros e, como consequência, às transformações que julgavam necessárias ao ritual e doutrina, amoldando-as à própria sensibilidade "branca", que repugnava os rituais sangrentos das matanças de animais, o uso de punhais, pólvora nos pontos-de-fogo etc.

Mesmo com o apagamento histórico da influência africana e indígena, ainda assim, as religiões afro-brasileiras continuam fornecendo espaço para a experiência de contato com as fontes ancestrais, por meio de abordagens que levam à resolução de problemas cotidianos da vida moderna.

Oferecem, também, acesso a identidades pessoais mais profundas, multifacetadas e mais respeitadas, um recurso importante para indivíduos gravemente marginalizados pelas estruturas políticas, raciais e econômicas de uma sociedade profundamente desigual. Essa característica das religiões afro-brasileiras talvez explique a notável participação de gays e lésbicas, como iniciados e líderes, em várias comunidades rituais.

Embora o último censo realizado (IBGE, 2010), no qual as religiões afro-brasileiras seriam seguidas por cerca de 0,34% da população brasileira, esse dado não representa, na realidade, o número dos seguidores. Isso se dá em razão de que os próprios adeptos não se assumem como seguidores de uma ou mais dessas religiões ou se dizem católicos ou espíritas. Os motivos que levam a essa recusa em assumir sua religião são vários, mas a intolerância religiosa, fruto de um racismo estrutural escandaloso, é o principal deles.

INTOLERÂNCIA RELIGIOSA COMO FORMA DE RACISMO

Não é exagero afirmar que a intolerância religiosa tem um aspecto de "novo racismo", segundo Mark Lattimer (2010), já que não há o respeito com a religião do outro. O que existe é uma rejeição. É realmente uma segregação religiosa que não dá direito ao indivíduo escolher ser adepto da Umbanda, do Candomblé, por exemplo. O cidadão, se quiser escapar da discriminação ou do preconceito, se não quiser encarar a realidade, deverá camuflar a religião de que é seguidor [...]. É bastante perceptível o absurdo da realidade em que vivemos, em pleno século XXI, tanta incompreensão, tanto desrespeito com o próximo, é algo que se encontra atrelado com o preconceito e a discriminação contra a cultura africana e o negro (SALES, 2012, p. 117).

Intolerância e perseguição: origens

Intolerância pode ser descrita como a incapacidade de aceitar práticas, reconhecer e respeitar crenças, pensamentos e comportamentos diferentes. O intolerante pode não gostar de alguém pela cor de sua pele ou pela orientação sexual, acreditando que sua opinião esteja sempre correta e que essa possui mais valor que as demais opiniões. A intolerância, na maioria das vezes, não possui uma justificativa racional, que pode advir do medo, desconhecimento ou ignorância do outro.

> A discriminação e a intolerância, como construções humanas, fundamentam-se nos preconceitos e estereótipos que produzem. O preconceito é uma opinião emitida antecipadamente, sem fundamento na realidade, enquanto os estereótipos constituem-se em um conjunto de traços que supostamente caracterizam um grupo em seu aspecto físico ou moral. Tanto os preconceitos como os estereótipos, com sua força de falsear a realidade, parecem estar arraigados de forma profunda em nossa cultura. Recusar a legitimidade de ambos pede que cada cidadão e cidadã tenham claro as razões para superá-los e praticar a tolerância (GUIMARÃES, 2004, p. 29).

A intolerância pode causar muito sofrimento e angústia, pode levar a ataques físicos e verbais e os danos à vítima podem ser psicológicos e/ou físicos. A intolerância pode chegar a níveis muito perigosos, ainda mais quando é organizada, como visto em certas denominações religiosas.

Pode-se afirmar que a intolerância religiosa é uma das vertentes mais significativas para desencadear a mitigação da liberdade de expressão. Sendo assim, é nesse contexto que muitos dos adeptos das religiões de matrizes africanas, na maioria das vezes, se omitem, se escondem, negando sua procedência religiosa. Isto ocorre por temerem ser vítima do preconceito e discriminação, os quais em seus diversos desdobramentos geram violência não somente física, mas também ofendem a integridade moral do cidadão cultuador da Umbanda, do Candomblé, Macumba, dentre outras (SALLES et alii, 2012, p.116).

É necessário, também, fazer a análise do uso do termo racismo encontrado neste livro. Contemporaneamente já se consagrou que não existem raças, apenas uma e única: a raça humana. Entretanto, o conceito biológico de raça é, na realidade, um conceito histórico-cultural, construído ao longo do tempo "para justificar a discriminação ou, até mesmo, a dominação exercida por alguns indivíduos sobre certos grupos sociais, maliciosamente reputados inferiores" (LEWANDOWSKI, 2012, p. 20). Assim,

> O uso do termo raça é justificável [...] por ser o mesmo instrumento de categorização utilizado para a construção de hierarquias morais convencionais

> não condizentes com o conceito de ser humano dotado de valor intrínseco ou com o princípio de igualdade de respeito [...]. Se a raça foi utilizada para construir hierarquias, deverá também ser utilizada para desconstruí-las. Trata-se de um processo de três diferentes fases: i. a construção histórica de hierarquias convencionais que inferiorizaram o indivíduo quanto ao status econômico e de reconhecimento pela mera pertença a determinada raça [...]; ii. a reestruturação dessas hierarquias com base em políticas afirmativas que considerem a raça, voltando-se agora à consolidação do princípio de dignidade; iii. a descaracterização do critério raça como critério de inferiorização e o estabelecimento de políticas universalistas materiais apenas (IKAWA, 2008, p. 105-106).

A religião Católica Apostólica Romana foi a religião oficial do Estado Brasileiro; qualquer outra religião não poderia, como consta do artigo 5º da Constituição Federal de março de 1824, ter em um local de culto algum sinal exterior que indicasse que não fosse católico, como, por exemplo, uma mesquita ou uma sinagoga, com sua arquitetura típica. Assim, desde o início da escravização, impingiu-se ao negro, compulsoriamente, sua adesão à religião católica.

Era exigido, por lei, que os negros novos fossem batizados na religião cristã, sob pena de passarem ao

Estado. Os que vinham de Angola eram batizados em grupos, antes de deixar suas praias nativas. A marca da coroa real em seu peito significava que tinham passado por esta cerimônia e, também, que o tributo devido ao rei tinha sido pago. Quanto aos escravos vindos de outros pontos da *África*, o senhor tinha um ano para a instrução que a conversão e o batismo requeriam. [...] Diz-se que os escravos não eram considerados "membros da sociedade, mas antes animais brutos", enquanto não pudessem "ir à missa, confessar seus pecados e receber os sacramentos." A participação nestas cerimônias fazia deles "seres humanos" como os outros (PIERSON, 1945, p. 151).

Já a criminalização das práticas religiosas africanas se iniciou legalmente quando foram outorgadas as Ordenações Filipinas em 1603, que vigoraram até 1830. A regra de religião oficial do Estado foi abolida com a chegada da República, mas o quadro continuou o mesmo, valendo-se de outros dispositivos legais, como o primeiro Código Penal (1830) que criminalizou o curandeirismo (art. 156) e o espiritismo (art. 157), para a permanência das práticas religiosas, em alguma instância, na ilegalidade. A mesma postura é mantida nos dias atuais, em que os artigos 283 e 284 do Código Penal podem ser utilizados para condenar as práticas religiosas afro-brasileiras, equiparando-as ao estelionato. Desse modo, o negro, obrigado a se converter ao catolicismo, poderia sofrer sanções legais do Estado, caso mantivesse sua prática ancestral.

Analisando-se o Código Penal de 1890, que vigorou até 1942, podemos entender quais eram as ideias e a visão da época que fizeram com que as práticas afro-brasileiras fossem classificadas como crime:

> Art. 157: Praticar o espiritismo, a magia e seus sortilégios, usar de talismãs e cartomancias, para despertar sentimentos de ódio ou amor, inculcar cura de moléstias curáveis ou incuráveis, enfim, para fascinar e subjugar a credulidade pública.
>
> Pena: de prisão celular de um a seis meses, e multa de 100$000 a 500$000.
>
> Art. 158. Ministrar ou simplesmente prescrever, como meio curativo, para uso interno ou externo, e sob qualquer forma preparada, substância de qualquer dos reinos da natureza, fazendo ou exercendo, assim, o ofício do denominado curandeiro.
>
> Pena: de prisão celular por um a seis meses, e multa de 100$000 a 500$000. (BRASIL, 1890, p. 2664).

Giumbelli (2003, p. 257) traz à baila um artigo publicado em "A Revista Forense" (1940), onde há o comentário ao art. 157, explicando que a magia negra é: "o bruxedo, a feitiçaria, o canjerê, a macumba, africanismos rudes que podem perturbar as ideias, alterar o estado nervoso, provocar consequências atentatórias à ordem pública, à moral da coletividade". Assim, a magia negra era aquela praticada pelos africanos, ou seja, por homens e mulheres pretos, sendo suas práticas religiosas consideradas criminosas, pois poderiam causar danos sociais, lembrando a sentença de condenação exarada em 1941, citada por Yvonne Maggie, na qual o juiz diz que a acusada

> praticava atos de macumba e pretendia não só curar as feridas que apresentava a vítima, como arranjar-lhe emprego com a prática daqueles processos condenáveis de *baixo espiritismo* (grifo nosso), o que não pode constituir uma religião permitida pela Constituição Federal, pois tais processos são altamente nocivos à sociedade e, especialmente, às camadas menos favorecidas da população, o que ocorre com a vítima (MAGGIE, 1992, p. 118-119).

Vê-se, nessa sentença, que o termo "baixo espiritismo" foi utilizado, com base naquilo que Giumbelli (2003, p. 257) apontou: que a classificação de "baixo" ou "falso espiritismo" foi criada para diferenciar aquilo que era praticado por negros ("magia negra"), portanto "baixo" ou "falso", daquilo que era praticado pelos brancos, ou seja, o espiritismo de Allan Kardec, chamado de verdadeiro, ou seja, apesar de o termo espiritismo estar no código, houve a necessidade de se marcar que a prática feita nos moldes europeus era a única admitida. Continua o autor:

> Ilustrativo é um processo de 1929 (apud Maggie, 1992, p. 156-159), em cujo auto de flagrante os policiais declaram que o acusado exerce ilegalmente a medicina e pratica o "falso espiritismo", sendo preso no momento em que dava consultas. Uma série de objetos são apreendidos, considerados, pelos peritos, próprios para "sessões de macumba" ou "magia negra", uma "reunião espírita sob o rito africano" diferente das sessões onde "só se manifestam espíritos brancos" (GIUMBELLI, 2003, p. 258).

De qualquer modo, motivada pelo descrédito que as religiões afro-brasileiras tinham perante o Estado, sua repressão foi muito dura e

> Cai por terra, aqui, o modelo de raízes do Brasil, de Sérgio Buarque de Holanda, de um "domínio europeu [...] brando e mole" (Holanda, 2003:51). Desde o século XVI até o presente, de fato, não houve uma única década no Brasil em que as tradições religiosas de origem africana e indígena pudessem se expressar com inteiro e livre acesso ao espaço público. Igualmente, a ideia de um "languescimento de Deus", do mesmo Holanda (id:62), é um disparate diante da pressão ininterrupta do poder branco cris-

tão sobre a população negra e suas expressões culturais de origem africana CARVALHO (2005, p. 4).

Infelizmente, como se observa, a questão do racismo religioso, oriundo do racismo contra as pessoas de pele preta, as quais são julgadas unicamente pelo nível de melanina que possuem, é histórico. Não há como admitir isso, escondendo os fatos ou dizendo que estamos em um país de "democracia racial", em que todos estão em pé de igualdade.

As religiões afro-brasileiras sob julgamento

Embora não seja mais necessário tirar alvará de funcionamento ou autorização na Delegacia de Costumes para realizar alguma atividade afro-religiosa, como era há pouco tempo, sempre houve uma desautorização ou desconsideração dessa atividade, contra a qual foram usadas afirmações teológicas que diminuíam qualquer manifestação diferente do cristianismo, com a alegada pretensa supremacia do monoteísmo cristão sobre o politeísmo dos africanos, bem como a sofisticação branca frente à rudeza negra. Ao mesmo tempo, teorias médicas e psiquiátricas foram sendo desenvolvidas, com as quais se atribuía aos transes mediúnicos, característica marcante das religiões afro-brasileiras, distúrbios mentais, como esquizofrenia e demência, além de serem taxados de práticas primitivas e retrógadas.

Cumpre ressaltar que certos programas humorísticos de

televisão retrataram e retratam os sacerdotes e sacerdotisas afro-brasileiros "como personagens de comédia, construindo tipos humanos que ridicularizam o comportamento religioso de origem africana para fins de entretenimento perverso e racista" (CARVALHO, 2005, p. 5). Nesse diapasão, podemos citar "Painho", personagem caricata desenvolvida pelo humorista Chico Anysio, que se caracterizava pela ridicularização do comportamento de um sacerdote afro-religioso.

Mas, o que se sabe sobre as religiões afro-brasileiras, em síntese? A resposta é clara: elas descendem de africanos escravizados, ou seja, inconscientemente se imagina que pertençam a uma subclasse de seres humanos, os negros, os quais não devem ter direitos, gostos ou quereres. Por conta disso, tudo o que se refere aos negros é visto como inferior, mau, sujo, errado; e isso tem contribuído, ao longo dos séculos e de forma sistemática, para a baixa autoestima do negro e consequente intolerância, discriminação e preconceito dos não negros para com os negros.

De todo modo, as manifestações afro-religiosas sempre foram vistas como algo maléfico, eivado de feitiços. Contemporaneamente, assistimos a uma campanha maciça das Igrejas Protestantes e Evangélicas, principalmente Pentecostais e Neo-pentecostais, em associar tudo o que há de mal e de infeliz nas pessoas às práticas das religiões afro-brasileiras, tornando-as causadoras de todos os problemas, acusando seus sacerdotes de "Pais e Mães de Encosto", "Bruxos", "Bruxas", "Feiticeiros", "Feiticeiras", classificando-os como instrumentos de satanás (diabo, satã, demônio...), e ligando os atos litúrgicos das religiões afro-brasileiras à "magia negra", numa acintosa discriminação e intolerância; essas atitudes e invectivas discriminatórias são "toleradas" pelo poder público, que não se levanta em defesa da livre manifestação religiosa.

No imaginário popular, tornou-se lugar-comum considerar os adeptos das religiões afro-brasileiras como seguidores de religiões não verdadeiras, atrasadas e primitivas; isso quando não são acusados de "adoradores do demônio" ou de "sacrificarem seres humanos em rituais macabros". Como fruto de uma herança africana, ou seja, de homens e mulheres pretos, sua importância é desprezada, sem levar em conta as inúmeras contribuições dos africanos na formação da sociedade brasileira. Assim, os seguidores das religiões afro-brasileiras estão sujeitos à discriminação de forma contumaz, pois a representação social hegemônica considera os adeptos dessas religiões como socialmente pobres e ignorantes em razão de suas práticas mágicas, que incluem rituais com sangue de animais, banhos com ervas especiais, oferendas às divindades em locais abertos ao público, entre outras (MARTÍN, 2010, p. 456).

A maioria das religiões afro-brasileiras sofreu perseguições significativas. As batidas policiais com prisões e confisco de objetos sagrados não eram incomuns e as elites econômicas e políticas travavam batalhas ideológicas contra as práticas rituais que eram vistas, na melhor das hipóteses, como aborrecimentos exóticos e, na pior, como ameaças à estabilidade e à "evolução" do país. Muito do preconceito contra as religiões afro-brasileiras ocorreu como parte de um sistema maior de discriminação contra os negros e também contra a cultura afro-brasileira, considerada como de menor profundidade, lasciva e luxuriosa. Esse foi um período em que um ideal de embranquecimento da população foi promulgado como forma de mover a nação em direção a um maior desenvolvimento e civilização (HARDING, 2005).

A história do Brasil é permeada de tristes atos de intolerância, desigualdade e racismo, e hoje somos fruto dessa história que deverá, sem sombra de dúvida, ser sempre lembrada, para que tiremos diversas lições e não repitamos os erros cometidos.

> Se alguém rejeita negros ou muçulmanos, não vamos exigir dele tolerância, e sim que supere seu racismo ou preconceito religioso, pois se trata de uma questão de igualdade de direitos e não de tolerância. O pressuposto é aceitável de que todos são iguais ou de "mesmo valor" na coletividade política. Essa é a norma que precisa ser aceita (DUAS, 2005, p. 207).

Cumpre relembrar, uma vez mais que, para realizar um ritual afro-religioso, a primeira parada era em uma Delegacia. Esse era o caminho constrangedor percorrido por sacerdotes e sacerdotisas das religiões afro-brasileiras para que pudessem realizar seus rituais. Tinham que, primeiramente, registrar-se na Delegacia Policial, efetuando o pagamento da "Taxa de Proteção", cujos valores eram geralmente absurdos. Aqueles que se furtavam ao registro na Delegacia "eram obrigados a atuar na clandestinidade, correndo o risco de, a qualquer momento, ser surpreendidos pelas 'batidas policiais'" (CANCONE & NEGRÃO, 1987, p. 39).

Apesar dos sacerdotes e sacerdotisas terem conquistado o direito de registrar seus *Terreiros*[13], isso não lhes deu as garantias necessárias para que pudessem estabelecer seus templos religiosos adequadamente, sendo vistos, esses espaços, como um local que não merece o mesmo respeito de outros.

---

13. Terreiros ou Comunidades-Terreiro, foi a denominação dada pelo "Plano Nacional de Proteção à Liberdade Religiosa e Promoção de Políticas Públicas para as Comunidades Tradicionais de Terreiros" aos grupos culturalmente diferenciados e que se reconhecem como tais, que possuem formas próprias de organização social, que ocupam e usam territórios e recursos naturais como condição para sua reprodução cultural, social, religiosa, ancestral e econômica, utilizando conhecimentos, inovações e práticas gerados e transmitidos pela tradição: Candomblé, Batuque, Xangô, Tambor de Minas, Omolocô, Xapanã, Catimbó, Toré, Pajelança, Xambá, Casa de Umbanda, Quimbanda, Candomblé de Caboclo e outras denominações (BRASIL. Plano Nacional de Proteção à Liberdade Religiosa e Promoção de Políticas Públicas para as Comunidades Tradicionais de Terreiros. Secretaria de Políticas de Promoção da Igualdade Racial, 2010).

RELIGIÕES AFRO-BRASILEIRAS

Como foi mencionado anteriormente, não se sabe quantas e quais foram ou são as religiões afro-brasileiras. Neste capítulo, traremos algumas religiões afro-brasileiras praticadas no Brasil e que são mais citadas pela literatura. Serão apresentadas de forma simples e didática. Por ser tratar de uma obra introdutória, peço ao leitor que tenha compreensão, atendo-se ao que foi escrito e não ao que poderia ou deveria ter sido escrito. Algumas religiões serão melhor descritas, mas isso não quer dizer que sejam mais importantes que outras. Por não se tratar de um estudo que aborda uma religião em específico, o sentido genérico será adotado. De qualquer modo, há muitas características semelhantes entre essas religiões, sendo que a leitura da apresentação de uma colaborará para o entendimento de outra(s).

Com exceção da maioria dos segmentos umbandistas, as Religiões Afro-brasileiras, por princípio, são iniciáticas, ou seja, a iniciação é requerida para ter acesso aos "segredos", que serão transmitidos de forma oral e pela vivência e aprendidos/apreendidos durante participação em ritos e rituais não acessíveis ao público em geral.

Muitos se espantam com a necessidade dos ritos iniciáticos presentes nas religiões afro-brasileiras, uma vez que o mundo contemporâneo assistiu ao desaparecimento deles (ELIADE, 1959, p. 38).

Como bem observou ELIADE, as sociedades pré-modernas atribuíam papel fundamental à iniciação. Essas sociedades possuíam um conjunto de tradições míticas, com uma concepção própria de mundo, que se revelava gradualmente ao iniciando. Assim, é por meio da iniciação que o indivíduo é introduzido, completamente, na comunidade. É na iniciação que são apresentados os valores espirituais e civilizatórios e é por ela que é conferido ao iniciado seu status humano, pois antes da iniciação ele(a) não participa plenamente da condição humana, precisamente por ainda não ter acesso à vida religiosa. Assim, a iniciação é uma experiência decisiva, que habilita o iniciado a assumir o seu modo de viver (1959, p. 12-13; 20-21).

Almas e Angola

Almas e Angola, também chamada de *Umbanda de Almas e Angola*, é típica do Estado de Santa Catarina. Seus rituais e práticas se assemelham a outras, especialmente à *Umbanda* e ao *Candomblé*. A língua ritual é o português. O sacerdote é chamado *Babá* ou Pai e a sacerdotisa de *Iyá* ou Mãe.

Teria sido levada para esse Estado por Mãe Guilhermina Barcelos, depois de sua iniciação no Rio de Janeiro.

A narrativa consagrada entre o povo de santo acerca do surgimento de Almas e Angola [...] remete à mãe de santo Guilhermina Barcelos, a Mãe Ida, que teria trazido tais práticas religiosas há mais de meio século do Rio de Janeiro – onde atualmente Almas e Angola seria inexistente. É reconhecida como a religião afro-brasileira com o maior número de terreiros e adeptos na Grande Florianópolis (Tramonte 2001; Martins 2006; Leite e Pinheiro 2017). Assim como na Umbanda, Almas e Angola é constituída por influências religiosas ameríndias, do catolicismo, do kardecismo, e de outras religiões afro-brasileiras como a própria Umbanda e o Candomblé (DELATORRE, 2019).

O mito criacional[14] de *Almas e Angola* narra que, em 1949, Mãe Guilhermina Barcelos saiu de Florianópolis, cidade onde residia, dirigindo-se à cidade do Rio de Janeiro para buscar maiores conhecimentos a respeito da Umbanda, que já exercitava. Lá ela conheceu Pai Luiz D'Ângelo, que praticava *Almas e Angola* e que a teria iniciado

---

14. O mito da criação é a narrativa simbólica da criação de algo como é compreendido por uma determinada comunidade.

nessa religião. Mãe Guilhermina inaugura seu templo em 1951, denominando-o "Centro Espírita de Umbanda São Jerônimo" (WEBER, 2011, p. 4-5).

Diz-se, ainda, que *Almas e Angola* foi extinta no Rio de Janeiro, permanecendo apenas no Estado de Santa Catarina. Toda a gênese de *Almas e Angola* é incerta, havendo esforços de vários pesquisadores para tentar estabelecer sua historiografia.

É vista como um desvio da Umbanda, ao adotar ritos próximos aos do Candomblé, como as iniciações, os recolhimentos temporários em recintos chamados de "camarinha" (quarto onde os neófitos ficam reclusos durante os atos iniciatórios) e os abates religiosos.

Nessa religião se cultuam nove Orixás, as divindades do panteão iorubá, que são as divindades mais difundidas no Brasil. São estes: *Oxalá, Iemanjá, Oxum, Ogum, Iansã, Nanã, Obaluaê, Oxóssi e Xangô*. Também são cultuados os espíritos de mortos (daí, provavelmente, venha a designação *Almas*), que ao lado dos Orixás se manifestam nos corpos dos seus adeptos treinados para recebê-los em incorporação durante os rituais. Essa forma de manifestação será encontrada em todas as demais religiões afro-brasileiras, nas quais o transe e a possessão são fundamentais; sobre essas manifestações já se falou anteriormente.

Os espíritos, também chamados de entidades ou guias, são classificados, em *Almas e Angola*, em quatro categorias, chamadas *linhas*: a de pretos e pretas-velhas (espíritos de ex-escravos e de africanos), também chamada *linha das almas*; a *linha de caboclo*, que compreende espíritos de indígenas e *boiadeiros*; a *linha das crianças* ou *bejadas*; e a *linha do povo de rua*, formada por exus e pombagiras. Nesse panteão, há uma hierarquia espiritual, na qual os orixás são tidos como superiores (descritos como *as forças da natureza*) e a quem as entidades estão submetidas (DELATORRE, 2019, p. 222).

Batuque

É o culto aos *Orixás, Voduns* e *Inquices* (divindades dos panteões do Candomblé queto, jêje e angola, respectivamente) no Rio Grande do Sul, especialmente, mas há alguns templos de *Batuque* em outros Estados da Federação, embora sejam poucos. Assemelha-se ao Candomblé praticado na Bahia e ao Xangô de Pernambuco.

A língua ritual é o iorubá, mas com algumas palavras jêje, ewe, fon, quimbundo, quicongo etc.

O sacerdote é chamado *Babalorixá* e a sacerdotisa, *Ialorixá*.

Seu mito fundador possui duas correntes principais: uma que afirma que o *Batuque* teria chegado ao Rio Grande do Sul por meio de uma escravizada vinda de Pernambuco; a outra corrente não o associa a um personagem específico, mas às etnias africanas que o estruturaram como um universo próprio.

Representa um complexo afro-religioso bem abrangente, pois a liturgia, a linguagem e os símbolos utilizados abarcam as diversas nações africanas que seriam as matrizes de sua ritualística, ou seja, iorubá, banto e jêje. Essas nações são chamadas de:

- *Oyó*: mais antiga, mas possui menor número de participantes; seria uma nação que teria vindo do antigo Império deỌ̀yọ́, na Nigéria;

- *Jêje*, cujo maior divulgador no Rio Grande do Sul foi o Príncipe Custódio, um príncipe africano que viveu naquele estado de 1889 a 1935; essa vertente é uma das mais praticadas; jêje se refere a uma população do atual Benin;

- *Ijexá*: Ìjèṣà é uma região do Sudeste da Nigéria e que foi um império, assim como o Império de Ọ̀yọ́;

- *Jêje-Ijexá*, com maior número de adeptos;

- *Cabinda*;

- *Queto*, que se estabeleceu nos últimos anos, por influência do Candomblé baiano e do Sudeste.

Na maioria das Casas de *Batuque* são cultuados Orixás: *Bara, Ogum, Iansã (Oyá), Xangô, Obá, Beji, Odé, Otim* (esposa de *Odé*), *Ossanha, Xapanã, Oxum, Iemanja, Nanã, Oxalá, Oromilaia*; em algumas Casas, no entanto, pode ser notada, ao lado dos Orixás, a presença de *Voduns* e *Inquices*.

Cabula
Prática afro-religiosa extinta, apesar de existirem, hoje em

dia, pessoas que se dizem adeptas dela. Há poucas referências sobre a *Cabula*, a não ser a carta pastoral do bispo João Batista Correa Nery aos párocos da diocese do Espírito Santo, na qual ele descreve a prática.

O que se sabe é que a maioria dos participantes eram negros, com pequena participação de brancos. Com sua extinção, por razões ainda desconhecidas, mas que se pode inferir que tenha sido em razão da perseguição, provavelmente seus antigos praticantes tenham migrado para a Macumba, Candomblé e Umbanda.

Segundo o que se sabe, "Mesa" era a reunião dos cabulistas. O chefe da "mesa" era o *Embanda*, auxiliado pelo *Cambone*. Os iniciados eram conhecidos por *Camanás* e reunião de Camanás, para a prática ritualística, era chamada de *Engira*, que era secreta e normalmente realizada à noite, em local afastado. Não havia culto às divindades (Orixás, Inquices ou Voduns), mas a espíritos, que recebiam o nome de *Tatá*. Registraram-se alguns deles, como *Tatá Guerreiro, Tatá Flor da Calunga, Tatá Rompe-Serra, Tatá Rompe-Mato*.

Candomblé

"*Candomblé* é uma religião de possessão que envolve processos de adivinhação, iniciação, sacrifício, cura e celebração" (PARÉS, 2010, p. 165). O *Candomblé*, palavra que designa dança ou festa, é oriundo do Estado da Bahia. Expandiu-se pelo Brasil por meio do trânsito de escravizados, alforriados e pretos livres que buscavam melhores condições de vida e de trabalho, especialmente no Sudeste. Por ser a primeira religião afro-brasileira melhor pesquisada, tem certo prestígio, especialmente a de rito queto (de forte influência nagô[15]). Esse prestígio vem sofrendo críticas nos últimos anos, tendo sido cunhado o termo "nagocracia" (PRANDI, 1991, p. 102) e "nagotização" (PARÉS, 2010, p. 167) para reprovar o uso hegemônico de suas referências sobre as demais expressões religiosas afro-brasileiras.

As ritualísticas, práticas e costumes dos Candomblés baianos mais antigos, datados do século XIX e início do século XX, se tornaram o padrão, pelo qual os demais são medidos. Ao longo do tempo, foi dividido em nações: *Candomblé Queto* (no qual se cultuam os Orixás, sob maior influência nagô), *Candomblé Jêje* (cultuam-se os Voduns, sob maior influência dos grupos étnicos do antigo reino do Daomé, atual Benin) e *Candomblé Congo-Angola* ou somente *Candomblé Angola* (cultuam-se os Inquices, sob influência do povo banto, da África sub-equatorial). Entre as nações há diferenças ritualísticas, além da língua sacra utilizada, que as caracterizam, mas não são facilmente identificáveis pelos leigos.

Além do *Candomblé de Nação*, há o chamado *Candomblé de Caboclo*, que cultua os espíritos ancestrais dos indígenas brasileiros, e influenciou diretamente o desen-

---

15. Termo que no Brasil designa todos os grupos africanos que tinham em comum a língua iorubá.

volvimento de outras religiões, pela incorporação de elementos nacionais. É um Candomblé que se assemelha ao *Candomblé Congo-Angola*, mas não se pode confundir um com o outro.

Os templos de *Candomblé* recebem designações conforme a nação (Queto – *Ilê Axé*; Jêje – *Hunkpame*; Congo-Angola – *Inzo*), mas a designação genérica é *Roça* ou *Terreiro*. Normalmente, nos templos de *Candomblé* há construções variadas, que são as "residências" das divindades, os espaços comunitários de convívio, o salão de festas (chamado normalmente de "barracão", no qual são realizadas as cerimônias públicas), área para cultivo de plantas consideradas sagradas (que possuem Axé) e para a criação de animais. Com a urbanização do *Candomblé*, assim como as demais religiões afro-brasileiras, os espaços foram diminuindo, o que tornou difícil haver área para plantio ou criação de animais, surgindo, com isso, o comércio especializado de plantas e animais[16].

Diferentemente de outras religiões afro-brasileiras, o *Candomblé* não possui o atendimento ao público, com consultas de aconselhamento feito pelas entidades que se manifestam no corpo de seus membros, pois as divindades que se manifestam por meio da incorporação não

---

16. Comércios de artigos religiosos para uso em atividades afro-religiosas são encontrados em todos os rincões do Brasil, oferecendo uma miríade de produtos próprios às suas atividades.

costumam conversar com as pessoas, que acorrem a esses espaços para desfrutar do Axé das divindades. As consultas são feitas aos sacerdotes e sacerdotisas que atenderão os consulentes por meio do *jogo de búzios*.

• Candomblé Queto

A língua ritual é o iorubá, com algumas palavras jêje, ewe ou fon.

Deus-Criador: *Olodumare*.

O sacerdote é chamado *Babalorixá* e a sacerdotisa, *Ialorixá*.

Cultuam-se Orixás, por exemplo: *Oxalá* (ligado à calma e à paz), *Iemanjá* (ligada aos mares), *Oxum* (ligada aos rios, aos metais amarelos e ao amor), *Logunedé* (filho de Oxum, é guerreiro e especialista em magias), *Ogum* (senhor do ferro, guerra, agricultura e tecnologia), *Oxóssi* (ligado à caça e à fartura), *Xangô* (ligado ao fogo, é visto como o que faz a justiça), *Iansã-Oya* (ligada aos ventos, tempestade e relâmpagos), *Exu* (guardião dos templos, encruzilhadas, mensageiro dos deuses), *Omolu / Obaluaiyê* (ligado às doenças e suas curas), *Oxumarê* (ligado ao arco-íris), *Ewa* (irmã de *Oxumarê*, que representa a mulher guerreira e a castidade), *Nanã* (representa a senioridade e progenitura da mulher).

Suas principais cerimônias e rituais são: *Orô* (denominação dos rituais em si), *Axexê* (ritual fúnebre), *Olubajé* (cerimônia em homenagem a *Omolu/Obaluaiyê, Oxumaré, Ewa,* e *Nanã*), *Ipadê* (cerimônia de abertura dos rituais públicos), Águas de Oxalá (cerimônia em que se lava ritualisticamente os elementos que compõem o totem de Oxalá), *Sassanha* (cerimônia de "cantar as folhas", na qual os devotos entoam cantigas especiais que destacam o poder, o Axé, das folhas), *Ipeté de Oxum* (cerimônia em homenagem a Oxum), *Iniciação*.

• Candomblé Jêje

A língua ritual pode ser o *Ewe*, o *Fon* ou *Gbe* (línguas do atual Benin) ou duas ou todas elas amalgamadas.

O Deus-Criador é chamado em alguns Terreiros de *Niçasse* ou o casal-Criador *Mawu-Lisa*.

Os sacerdotes são chamados de *Toi Vodunon, Boconon, Doté* ou *Mejito*; as sacerdotisas são chamadas de *Nochê, Gaiacu, Doné*. Esses nomes são dados em razão do *Vodum* ou *Vodu* para o qual esses sacerdotes foram iniciados.

Cultuam-se *Voduns*, que existem em grande número, dentre os quais podem ser citados: *Mawu* (que junto com *Lisa* forma o casal Criador), *Sakpata* (ligado às doenças e suas curas), *Gu* (ligado aos metais, guerra, tecnologia), *Agué* (ligado à caça, protetor das florestas), *Heyiossô/Hevioso* (ligado aos raios e relâmpagos), *Dan* (vodum da riqueza, representado pela serpente do arco-íris), *Agbê* (ligado ao mar), *Aziri* (ligada às águas doces), *Fa* (ligado à divinação); *Legba* (mensageiro das divindades).

Principais cerimônias: *Zandró* (cerimônia de abertura

dos rituais); rituais em homenagem a *Aizan* (ligado à ancestralidade), a *Legba* e a *Ogum Xoroquê*; *Boitá* (em homenagem a *Gbesen*, patrono da nação jêje); cerimônias a *Aziri Tobosi* (que encerra o calendário de atividades dos templos).

• Candomblé Congo-Angola

A língua ritual pode ser o quicongo, o quimbundo, ou ambas.

O Deus-Criador é chamado de *Nzambi Mpungu*.

Os sacerdotes são os *Tata de Inquice* e as sacerdotisas, *Mama de Inquice*. Também se encontram as designações de *Tateto* e *Mameto*.

Cultuam-se os *Inquices*, por exemplo: *Pombo Njila* (Senhor das encruzilhadas), *Nkosi* (ligado à justiça), *Katendê* (ligado ao conhecimento das ervas), *Mutakalambo* (ligado à caça), *Cabila* (ligado ao pastoreio), *Kavungo* ou *Nsumbo* (Deus da ráfia e da varíola), *Angorô* (Senhor do arco-íris), *Nzazi* (Senhor dos raios), *Luango* (Senhor dos trovões), *Kitembo* (Senhor do tempo, patrono da nação Angola), *Lemba* (ligado à paz e à serenidade), entre outros.

Principais cerimônias e rituais: *Nkudiá o Mavu* (Oferenda à terra); *Nkudiá o Mutuê* (Oferenda à cabeça); *Ukalakele Nkisi* (Iniciação); *Pangu Kumbaritokwe* (Ritual fúnebre).

• Candomblé de Caboclo

Língua ritual: português e misturas com línguas africanas e indígenas.

O sacerdote é o *Tata* e a sacerdotisa, *Mama* ou *Mameto*. Principais divindades: as mesmas cultuadas no Candomblé, acrescidas dos *Caboclos*, como: *Caboclo Sultão das Matas; Caboclo Tupinambá, Caboclo Sete Flechas; Caboclo Boiadeiro; Caboclo Penacho de Ouro*, entre outros.

Durante o ritual do *Candomblé de Caboclo* há o consumo da bebida feita com a planta conhecida como Jurema Preta (*Mimosa tenuiflora*), à semelhança do Catimbó/Jurema.

Em que pese termos apresentado as *nações de Candomblé*, essa divisão não é estanque, pois podemos encontrar templos de Candomblé que seguem uma, duas ou três delas, em razão do sentido agregador do africano, que foi transmitido aos seus descendentes e àqueles que foram iniciados nessa religião.

Catimbó / Jurema

Jurema é o nome de uma árvore considerada sagrada. Seu nome científico é *Mimosa tenuiflora*. Jurema também designa a bebida que é consumida durante os rituais próprios, preparada sob segredo, sendo que cada juremeiro possui seu próprio modo de prepará-la.

Nomear essa religião, que gira em torno da importância da árvore, como *Catimbó, Jurema* ou *Jurema Sagrada* é particular de cada grupo. Há muitos autores que dizem que a palavra catimbó viria de cachimbo, uma vez que o uso do cachimbo nos rituais é fundamental para as "fumaçadas", que são utilizadas para diversos fins: cura, ataque ou defesa. Encontram-se pessoas que se dizem catimbozeiras ou juremeiras. Muitos pesquisadores têm usado o termo *Catimbó-Jurema*, de forma a abarcar seu significado mais amplo.

O sacerdote é chamado de *Mestre* e a sacerdotisa de *Mestra*. A língua ritualística é o português.

Oneyda Alvarenga, musicista e etnógrafa, responsável pela sistematização musical e etnográfica do material recolhido pela Missão de Pesquisas Folclóricas, encabeçada por Mário de Andrade, diz que o *Catimbó*, ao lado da pajelança encontrada na Amazônia, Maranhão e Piauí e do *Candomblé de Caboclo* da Bahia,

> forma um grupo de religiões populares intimamente aparentadas, em que se fundem elementos tomados à feitiçaria europeia e afro-brasileira, ao catolicismo, ao espiritismo e, principalmente, às reminiscências de costumes ameríndios, que constituem a sua parte principal e caracterizadora. O Catimbó se baseia no culto a entidades sobrenaturais chamadas Mestres. [...] Invocados por meio de cânticos, os Mestres sobrenaturais entram em contato com os fiéis, principalmente por intermédio dos mestres terrenos, ou de outros iniciados e crentes, dos quais se apossam. Ao contrário do que sucede nos cultos afro-brasileiros, em que

> os possuídos dos deuses executam danças rituais, a coreografia praticamente não existe no Catimbó. O acompanhamento dos cânticos funda-se no uso predominante do maracá, tipo de chocalho. Os ritos do Catimbó [...] têm essencialmente funções mágico-curativas. Dois dos seus elementos caracterizadores mais importantes, e seguramente de fonte ameríndia, são a defumação exorcística por meio do cachimbo e a quase fitolatria de que é cercada a jurema. Esta árvore brasileira fornece aos catimbós uma bebida estimulante, usada como estupefaciente místico, também fumada em vez de bebida (ONEYDA, 1949, p. 5).

Assim, o *Catimbó* ou *Jurema* se origina da pajelança indígena, acrescida do catolicismo popular, magia ibérica e pouca influência africana; no entanto, com o tempo, essa influência africana foi se acentuando, como mais um dos complexos aglutinadores típicos das religiões afro-brasileiras, especialmente com a troca cultural entre Nordeste-Sudeste.

Seus rituais são chamados de "Mesa", assim como os da Cabula. Como ritual de influência indígena, é comum haver as viagens xamânicas às cidades da Jurema (Juremá, Junça, Vajucá, Manacá, Catucá, Angico e Aroeira) durante os processos iniciatórios. Essas viagens são possíveis por meio do consumo do chá de jurema, que, com suas propriedades enteógenas, proporcionaria o êxtase necessário para a experiência. Essa viagem é o ponto alto na trajetória de um novo Mestre.

Os mestres vivos incorporam os mestres mortos, ligando este mundo ao outro por meio do transe, para por a serviço dos humanos sofredores a ciência dos espíritos que habitam as cidades sagradas da Jurema. Os mestres da Jurema seriam espíritos curadores descendentes de escravos africanos e de mestiços brasileiros que em vida conheceram os segredos das plantas curativas. Muitos deles foram em vida curandeiros de reconhecido valor, outros adquiriram esse conhecimento mágico em decorrência das condições de sua morte. Além dos mestres, outra categoria de espíritos é muito importante na Jurema, os Caboclos, espíritos de índios também iniciados na ciência das ervas (PRANDI, 2006, s/p).

Culto a Ifá

Ifá designa um dos pilares do que se convencionou chamar de Religião Tradicional Iorubá. Sua origem é na Nigéria, mas o encontramos no Benin e no Brasil. Esse sistema reúne uma série de histórias que representam a cosmogonia, a cosmologia, a teogonia e a teologia do povo iorubá, que serão usadas para transmitir conhecimentos, ritualizar as práticas, fazer as orientações necessárias ao modo de vida das pessoas etc. O Orixá tutelar é Ọrúnmìlà, sendo *Fá* seu correspondente no Benin e que possui as mesmas características. O sacerdote de Ifá é o *Babaláwo* (Babalaô) e a sacerdotisa, é chamada *Iyanifá*.

Por ser um culto mais centralizado na figura masculina, sua importância foi diminuindo e praticamente extinto por volta dos anos 1950, tendo em vista a importância das mulheres no desenvolvimento do Candomblé, como o exemplo do Candomblé da Casa Branca do Engenho Velho, que nunca iniciou homens. Esse fato marca a questão de gênero no Candomblé. Sabe-se que o *culto de Ifá*, assim como o culto de Orixá e de Egungun, chegou no Brasil com os escravizados iorubá; esses três cultos foram a base da formação e desenvolvimento do Candomblé; no entanto, o culto de Orixá, visto como mais estético, com música, dança, transes de incorporação etc. atraía mais público. Como o culto de Orixá era comandado por mulheres, os sacerdotes de Ifá (Babalaô) acabaram por perder prestígio, apesar de eles terem grande participação na criação e desenvolvimento do Candomblé, como Martiniano Eliseu do Bonfim e Rodolfo Martins de Andrade, sendo que a este atribuído é o sistema oracular de Jogo de Búzios, utilizado em grande parte das Casas de Candomblé Queto. O retorno do *culto de Ifá* se deu nos anos 1980 quando sacerdotes de Ifá cubano o trouxeram de volta ao Brasil.

Além disso, nos anos 1990, com a vinda de estudantes nigerianos ao país, foram trazidos o *culto de Ifá* e outros cultos de Orixá praticados na Nigéria. Assim, há um grande número de novos iniciados em Ifá, que o foram aqui ou na Nigéria. Esse movimento de ida à Nigéria e outras localidades da África coincide com a ideia de reafricanização das religiões afro-brasileiras, especialmente ocorrida no Sudeste do Brasil, movimento que se inicia nos anos 1970, em São Paulo, com o curso de idioma iorubá oferecido pela Universidade de São Paulo (MELO, 2008, p. 173).

O *culto de Ifá* é quase todo público, pois faz parte do dia a dia dos iorubás, que vão à consulta com o *Babaláwo*, o qual irá prescrever os materiais que serão necessários para debelar o mal apontado. Apesar do caráter religioso que é dado no Ocidente, pessoas de qualquer religião buscam o auxílio dos *Babaláwo* para a resolução de seus problemas.

O aprendizado do *Babaláwo* é longo, dispendioso e requer uma dedicação extremada, pois além de decorar as histórias que dão sentido às divinações feitas nas consultas, o *Babaláwo* deve saber quais são os materiais utilizados, os Orixás que deverão ser propiciados, o uso de materiais e fórmulas que protegerão o consulente, e assim por diante. É comum os *Babaláwo* viajarem para outras localidades iorubás para aprender com outros *Babaláwo*, além daquele que foi seu iniciador.

Culto a Egungun

Assim como o culto de Ifá, o *culto de Egungun* é feito por homens, cujo objetivo é propiciar os ancestrais e atendê-los, isto é, os espíritos dos ancestrais importantes da comunidade. Diz-se que esse culto foi o responsável por preservar e assegurar a continuidade do processo civilizatório africano no Brasil, em razão da importância dada aos ancestrais como já foi abordado anteriormente.

Grande parte de sua estrutura organizacional, ritualística e procedimental está baseada na corte real do antigo império de Oyó, que ao cair, teve sua população escravizada e alguns deles trazidos ao Brasil.

Há algumas diferenças entre o *culto de Egungun* no Brasil e na Nigéria, especialmente a separação entre este e o culto aos Orixás, mas isso não impede que se possa verificar o quanto eles são semelhantes, apesar da enorme distância que os separa.

É um culto muito fechado, quase secreto. A língua ritualística é o iorubá.

A primeira referência sobre esse culto data do início do século XX, em uma nota feita por Nina Rodrigues em seu livro "Africanos no Brasil" (1938, p. 352). Diferentemente do Candomblé, onde as manifestações espirituais se dão publicamente, no caso do *culto de Egungun* as pessoas só veem a manifestação depois que ela já aconteceu, ou seja, quando eles aparecem publicamente, totalmente envoltos em tiras de panos, enfeitados com máscaras, estatuetas, espelhos, falando com uma voz gutural. Dizem que as pessoas não podem ser tocadas por eles, pois teriam malefícios em sua vida; para evitar isso, os sacerdotes de Egugun, os *Ojés*, evitam o contato, controlando os Egungun por meio do uso de varetas compridas feitas dos galhos da árvore *Atori* (guanxuma), os *Ixan*, que evitam a aproximação dos Egungun.

No Brasil, o principal local de *culto aos Egungun* é realizado na ilha de Itaparica, na Bahia, mas já são encontrados Terreiros de Egungun em outros Estados, sejam oriundos da Bahia ou fundados por pessoas iniciadas em terras iorubá.

Jarê[17]

É uma religião observada especificamente na Chapada Diamantina, na área central do Estado da Bahia, no século XIX. Sua prática é semelhante ao Candomblé de Caboclo, que foi abordado anteriormente, sendo que a ritualística do *Jarê* é muito mais próxima do culto aos Caboclos do que às divindades, que no caso do *Jarê* são os Orixás.

Seus sacerdotes são chamados de *Babá* ou Pai; as sacerdotisas de *Iyá* ou Mãe.

A exemplo de outras religiões afro-brasileiras, *Jarê* proporciona àqueles que o buscam a saúde do corpo e da

---

17. Para mais informações sobre o Jarê recomendo a obra do Prof. Dr. Ronaldo de Salles Senna: *Jarê - Uma face do Candomblé* (Feira de Santana: UEFS, 1998).

alma e seus sacerdotes e sacerdotisas são chamados de "Curadores", além, é claro, de Pais e Mães de Santo (BANAGGIA, 2013, p. 42).

Quimbanda (Kimbanda)

A palavra *Quimbanda* tem origem na língua quimbundo, que designa aquele que pratica a cura, ou seja, o curandeiro. Assim, o quimbanda é aquele que pratica a medicina tradicional.

Pode-se dizer que o *Kimbanda* fazia a *mbanda*, ou seja, a cura. *Mbanda* designou no Brasil a Umbanda, com o mesmo sentido. Seu significado original ligado à cura dos males foi deturpado, tendo em vista fatos históricos ocorridos na África, especialmente a conversão ao catolicismo, no final do século XVI, do rei do Congo (Manicongo), que dizia que aqueles que não se convertessem ao catolicismo eram "do diabo" e que poderiam ser escravizados. Esses escravizados, vendidos aos portugueses, foram os primeiros a chegar ao Brasil, já trazendo consigo a pecha de pessoas "do diabo", algo compreensível, especialmente numa colônia cuja religião oficial era o catolicismo.

Seu sacerdote é chamado de *Tata* e a sacerdotisa, de *Mama* ou *Mameto*.

Como já foi mencionado, as características africanas de algumas religiões afro-brasileiras, especialmente a Macumba encontrada no Rio de Janeiro, foram sendo abandonadas. Essas práticas negligenciadas passaram a fazer parte do universo da *quimbanda*, enquanto aquelas que fossem mais próximas de um ideal branco e espírita, foram mantidas no que veio a ser chamado de Umbanda.

> Macumba cindiu-se em duas: a Umbanda, antiga Macumba, agora kardecizada e a Quimbanda, que permaneceu fiel à tradição [....]. A Umbanda é a antiga Macumba, depurada dos rituais africanos primitivos e recheada de doutrina e crescente práxis ritual de inspiração kardecista. A designação da Quimbanda provém dos umbandistas. Os praticantes e terreiros de Macumba, que permaneceram fiéis à tradição, resistindo às modificações, hoje são chamados pelos umbandistas de quimbandeiros, ou seja, praticantes da Quimbanda, difamada pelos umbandistas, como voltada à prática do mal, da magia negra. Os umbandistas se dizem consagrados à prática do bem, da linha branca (COSTA, 1988, p. 44).

Há um movimento em Angola e Brasil que tenta tirar os estigmas negativos da *Quimbanda*, mas é um movimento incipiente e, muitas vezes, criticado, pois há pessoas que têm lucrado com a mantença da Quimbanda como um culto malévolo. E isso é feito tanto por quimbandeiros, que auferem lucros com suas atividades, como por umbandistas, como anotam LAPASSADE & LUZ ao pesquisarem a literatura umbandista popular, na qual Quimbanda é descrita como "o lugar do malefício, da magia negra. Isto, aliás, permite aos umbandistas ganharem com seu trabalho: eles cobrarão dinheiro para desfazer os trabalhos do mal dos quimbandeiros" (1972, p. xvii).

Umbanda

A formação da *Umbanda*, como já se escreveu até aqui, é um grande amalgamento, que atendeu às necessidades de uma classe média emergente, especialmente branca ou espírita kardecista, e de uma força de trabalho que migrava das áreas rurais, especialmente do Norte e Nordeste, que trazia suas práticas locais e encontravam na *Umbanda* terreno fértil para as recepcionar. É sempre lembrada por seus aderentes como a mais brasileira das religiões.

Seus sacerdotes são chamados de *Pai* ou *Babá* e as sacerdotisas de *Mãe* ou *Iyá*. Há algumas umbandas em que as sacerdotisas também são chamadas de Babá.

A partir dos anos 1940, a Umbanda se espalhou rapidamente por todo o Brasil. Sua capacidade de expansão se deu em razão da extrema eficiência em incorporar elementos de uma vasta base de recursos de tradições espirituais. Saindo de uma fundação nos candomblés Congo-Angola e de Caboclo, e oriunda da Macumba e da Cabula, manteve-se em uma estrutura de culto ao Orixá, com ênfase nos elementos simbólicos e conceituais católicos e espíritas kardecistas. Assimilou orações, invocações e veneração de Jesus, Maria e vários santos da tradição católica, que já eram observadas em outras tradições, como o Catimbó e a Encantaria do Norte e Nordeste, abrangendo aspectos filosóficos e práticos do Espiritismo Kardecista, como a reencarnação, carma e o culto a muitos guias espirituais que auxiliariam os devotos em uma variedade de assuntos. A *Umbanda*, nesse sentido, sempre esteve associada às contradições e complexidades da modernidade brasileira, tais como o Preto-Velho, que por sua vida dura e idade avançada teria condições de emitir bons conselhos, já os Caboclos são a descrição do herói nacional, construído pela literatura brasileira. Os Exus e suas consortes, as Pombas-Giras, serão associados aos problemas cotidianos, à falta de emprego e dinheiro e aos males de amor. A esse universo, unem-se os Ciganos, Boiadeiros, Marinheiros e uma infinidade de outros seres, que a diversificação geográfica expande sem parar (HARDING, 2005).

O mito fundador da *Umbanda* conta que em 15 de novembro de 1908, em Niterói/RJ, um rapaz de 17 anos, chamado Zélio Fernandino de Moraes, teria incorporado o Caboclo das Sete Encruzilhadas e este teria dito que no dia seguinte voltaria a incorporar em Zélio e criaria uma nova religião, que se chamaria "Umbanda". Não nos ateremos à discussão do mito criacional, uma vez que já foi feito por diversos pesquisadores, como Diana Brown (1985),

Emerson Giumbelli (2002), Vagner G. da Silva (2005), Renato Ortiz (2011), entre inúmeros outros.

Assim, para legitimar a Umbanda foi necessário que ela quebrasse sua ligação com a África e, por consequência, com qualquer coisa que lembrasse os negros, exceção feita à sua subalternidade, apontada especificamente no comportamento dos Pretos-Velhos; ademais, era necessário que o mito criacional afirmasse, sem dúvida, essa legitimação: por isso a escolha do 15 de novembro, dia da proclamação da República, como data de sua "anunciação", bem como a escolha de um Caboclo como porta-voz do "mundo espiritual", em um momento em que a literatura romântica brasileira e o brasilianismo buscavam estabelecer, no Caboclo indígena, o símbolo da nação. Para temperar esse caldo, o Caboclo que teria se manifestado no dia 15 de novembro de 1908 não era um simples indígena, mas a reencarnação de um jesuíta, o padre Gabriel Malagrida, que teria sido morto pela Inquisição em 1760. Dessa forma, a *Umbanda* poderia se inserir, de forma legítima, no universo religioso brasileiro, pois estava totalmente de acordo com os anseios dos ideais branco-europeus: era cristã, pois tinha sido criada por um padre e espírita, por isso ela se chamava "espiritismo de Umbanda", denominação pela qual foi conhecida por muitos anos (SILVA FILHO, 2015). Além disso, o Caboclo não era o "selvagem", o "arredio", que lutava contra o colonizador ou contra os

Bandeirantes, mas o indígena que se submeteu, que se convertera ao catolicismo, que abandonara sua tribo; é o "Índio Peri" do romance "O Guarani" de José de Alencar.

Apesar de o Estado Novo ter sido contra o desenvolvimento dos cultos afro-brasileiros, houve um enaltecimento deles pela elite intelectual e artística, com o propósito de definir nossa identidade nacional. A *Umbanda* desse período, ao minimizar as influências africanas e sendo liderada pelos setores médios da população, organizou-se tendo como ponto de partida essas ideias.

Renato Ortiz, no prefácio da 2ª edição do livro "A morte branca do feiticeiro negro: Umbanda e sociedade brasileira", afirmou que no final da década de 1970 começou a se esboçar um "fenômeno de re-africanização", como se apontou anteriormente. No entanto, o autor destaca: "é interessante lembrar que não foi para a Umbanda que esse esforço de valorização se dirigiu. A religião umbandista, ao se definir como nacional, de alguma maneira infligiu uma morte branca ao seu passado negro" (ORTIZ, 2011, s/p.).

Renato Ortiz continua: "como uma religião brasileira, a Umbanda foi obrigada a integrar sua cosmologia às contradições de uma sociedade de classe, que assina ao negro uma posição subalterna dentro de um mundo de dominância branca" (ORTIZ, 1988, p. 90).

A partir dos anos 1980, a *Umbanda*, apesar de seu caráter "novaerista", curiosamente, tem perdido adeptos para o Candomblé e para outras religiões afro-brasileiras, vistas por alguns como mais "autênticas" e ritualmente poderosas, devido à alegada prática de um cultivo mais intenso das energias espirituais (HARDING, 2005). Já na última década, muitos umbandistas têm se iniciado no culto de Ifá.

Tambor de Mina[18]

Designativo mais comum das práticas de origem africana, encontradas especialmente no Maranhão, de onde foi levada para a Amazônia e Pará. É uma religião iniciática.

Nessa religião, há maior devoção aos Voduns, algo semelhante ao Candomblé Jêje, já descrito. No entanto, há alguns templos de *Tambor de Mina* que cultuam Orixás, ao lado dos Voduns ou de forma sincrética. Além das divindades africanas, há o culto aos *Encantados*, que desempenham papel importante na vida cotidiana.

Sérgio Ferreti (2001), um dos maiores pesquisadores das religiões afro-brasileiras no Norte e Nordeste, destaca que no *Tambor de Mina* o catolicismo está muito presente, o que fez com que as figuras de *Legba* (Vodun) e de *Exu* (Orixá) estejam ausentes, por serem associados à figura de satã. Assim como se vê no Candomblé baiano, o calen-

---

18. Para uma maior compreensão do Tambor de Mina recomendo os livros da Profª Drª Muncicarmo Ferretti: *Terra de caboclo* (São Luís: SECMA, 1994); *Desceu na Guma: O caboclo do Tambor de Mina no processo de mudança de um terreiro de São Luís* (São Luís: EDUFMA, 2001); e *Maranhão Encantado: encantaria maranhense e outras histórias* (São Luís: UEMA, 2000).

dário religioso se adapta ao dos santos da Igreja católica. É comum, antes das principais festividades e após as iniciações, os aderentes assistirem à missa, participarem de ladainhas e novenas, inclusive dentro dos Terreiros.

Normalmente, o *Tambor de Mina* é dividido, como no Candomblé, por nações, considerando as prováveis origens étnicas: jêje – *Casa das Minas*; nagô – *Casa de Abioton* (ou Casa de Nagô); ashanti – *Casa Fanti Ashanti* etc.

Um dos principais templos do *Tambor de Mina* é o Querebentã de Zomadonu, conhecido como Casa das Minas Jêje, localizado na ilha de São Luís do Maranhão.

Terecô

Terecô é chamado, também, de *Tambor da Mata, Tambor de Caboclo, Brinquedo de Santa Bárbara, Encantaria de Barba Soeira* etc. Concebe a incorporação sobretudo de encantados da mata, que se organizam em famílias. É considerado como uma variação do Tambor de Mina, praticado na capital do Maranhão, enquanto o Tambor da Mata é praticado no interior, especialmente na região de Codó.

Terecô é a denominação dada à religião afro-brasileira tradicional de Codó – uma das principais cidades maranhenses, localizada na zona do cerrado, na bacia do rio Itapecuru, a mais de 300km, em linha reta, da capital. Além de muito difundido em outras cidades do interior e na capital maranhense, o Terecô é também encontrado em outros Estados, integrado ao Tambor de Mina ou à Umbanda. É também conhecido por "Encantaria de Barba Soêra" (ou Bárbara Soeira), por Tambor da Mata, ou simplesmente Mata (possivelmente em alusão à sua origem rural). Embora se saiba que o Terecô se originou de práticas religiosas de escravos das fazendas de algodão de Codó e de suas redondezas, sua matriz africana é ainda pouco conhecida. Apesar de exibir elementos jêje e alguns nagô, sua identidade é mais afirmada em relação à cultura banto (angola, cabinda) e sua língua ritual é, principalmente, o português.

Seu culto se compõe das entidades do universo do Tambor de Mina, Candomblé de Caboclo, Umbanda, Babaçuê, Jarê, Encantaria etc.

Xangô

É a denominação dada às religiões afro-brasileiras praticadas em Recife, especialmente. O *Xangô* é muito semelhante ao Candomblé praticado em todo o Brasil, tendo como língua litúrgica o iorubá.

Seu principal templo está em Recife, é conhecido como Sítio do Pai Adão – *Ilê Obá Ogunté*, dedicado à Orixá Iemanjá.

CONSIDERAÇÕES FINAIS

As religiões afro-brasileiras influenciaram profundamente a cultura popular do Brasil. Assim como em outros países das Américas, especialmente Cuba, Haiti e Venezuela, a expressão religiosa de origem africana se tornou a base para a construção da cultura nacional. A música, a arte, a gastronomia, o folclore, a literatura derivam, sem dúvida, das religiões tradicionais africanas, nas quais as questões sagradas e seculares, como se discutiu, estão perfeitamente sintonizadas.

Como exemplo, pode-se citar a culinária baiana, que possui, no azeite de dendê, feijão fradinho e em uma gama de temperos, a expressão dos alimentos votivos, oferecidos às divindades e consumidos pelos adeptos das religiões afro-brasileiras em seus diversos rituais, e que se tornaram iguarias em várias partes do Brasil. O domínio da arte de tocar os instrumentos de percussão, base da música sagrada afro-brasileira, são as raízes do samba e suas variações: samba de coco, samba de roda, samba-canção, partido alto, samba-de-breque etc. e de outras formas musicais, como o Maracatu, o Frevo, o Maculelê e a arte marcial Capoeira.

Dessa forma, as religiões afro-brasileiras refletem a história, a geografia, a cultura, a tradição, a espiritualidade e o modo de vida de diversos povos, que retirados à força de suas terras originais, se encontraram em nosso país e criaram um novo *continuum*, adaptando-se às mudanças de território, à subalternização, ao tratamento indigno, à sua equiparação como coisa (semovente), que os habilitou a encontrar saídas para suas grandes dificuldades. As diferenças étnicas e rusgas entre povos, até hoje encontradas na África, deixaram de importar na nova terra, na qual a sobrevivência era o principal fato de união. Essa resiliência dos nossos ancestrais se refletiu na própria formação das religiões afro-brasileiras e permitiu que elas sobrevivessem. Negociação, enfrentamento dos desafios, saídas não ortodoxas para uma infinidade de problemas, comportamentos típicos dos escravizados, são componentes visíveis nessas religiões.

Um dos maiores desafios das novas gerações é enfrentar os constantes ataques de outros segmentos religiosos, notadamente cristãos (pentecostais e neopentecostais), do crime organizado (especialmente no Rio de Janeiro) e de pessoas intolerantes que não aceitam o outro, o diferente; que não possuem alteridade, que não conseguem respeitar o próximo. Essas novas gerações buscarão recursos na memória de seus ancestrais, na força de suas divindades e entidades que os acompanham em sua viagem espiritual, para ajudá-las a enfrentar todos esses problemas, pois elas são a continuação do esforço de milhares de pessoas, que se sacrificaram para manter suas crenças, práticas, costumes, cultura e tradição para nós, brasileiros.

Que o Ser Supremo e Suas divindades auxiliares, os seres espirituais e os ancestrais abençoem a todos nós, facilitando nossa vida e nossa viagem pelo mundo.

REFERÊNCIAS BIBLIOGRÁFICAS

AGOSTINHO. *Confissões*. Petrópolis: Vozes, 2011.

ALVARENGA, Oneyda. *Registros Sonoros do Folclore Musical Brasileiro: Catimbó*. São Paulo: Discoteca Pública Municipal, 1949, p. 5.

ASSUNÇÃO, Luiz. *O reino dos mestres: a tradição da jurema na Umbanda nordestina*. Rio de Janeiro: Pallas: 2006.

BANAGGIA, Gabriel. *As forças do Jarê: movimento e criatividade na religião de matriz africana da Chapada Diamantina*. Tese de doutoramento. Rio de Janeiro: UFRJ/MN, 2013.

BASTIDE, Roger. *The Present Status of Afro-American Research in Latin America*. Daedalus, Slavery, Colonialism, and Racism. vol. 103, no. 2, 1974.

_____. *The African religions of Brazil: toward a sociology of the interpenetration of civilizations*. Baltimore : Johns Hopkins University Press, 1978, p. 299.

_____. *O sonho, o transe e a loucura*. São Paulo: Três Estrelas, 2016.

BRASIL. *Coleção de Leis*, 1890, Fasc. X, p. 2664.

_____. *Resolução nº 1, de 17 de junho de 2004*, publicado no Diário Oficial da União em 22/06/2004, Seção I, p. 11.

_____. *Plano Nacional de Proteção à Liberdade Religiosa e Promoção de Políticas Públicas para as Comunidades Tradicionais de Terreiros*. Brasília: SEPIR, 2010

BROWN, Diana. *Uma história da umbanda no Rio de Janeiro*. Umbanda e Política, Rio de Janeiro, Marco Zero, 1985.

CARNEIRO, Edison. *Religiões Negras: notas de etnografia religiosa*. Rio de Janeiro: Civilização Brasileira, 1936.

CARVALHO, José Jorge de. *Artes Sagradas Afro-brasileiras e a preservação da natureza*. Série Antropologia, Brasília, 2005, p. 3.

CONCONE, Maria H. V. Boas e NEGRÃO, Lísias N.. *Umbanda: da repressão à cooptação*. In: *Umbanda & Política*. Cadernos do ISER, nº18. Rio de Janeiro, ISER e Marco Zero, 1987, p. 39.

COSTA, Valdeli Carvalho da. *As religiões afro-brasileiras nos últimos vinte anos*. Síntese, Belo Horizonte, v. 15, nº 44, p. 39-54.

COSTA PINTO, Luís A. *O negro no Rio de Janeiro: Relações de raça numa sociedade em mudança*. São Paulo: Companhia Editora Nacional: 1953.

CROWTHER, S. Àjàyí. *A vocabulary of the yorùbá language*. London: Church Missionary Society, 1843.

DAIBERT, Robert. *A religião dos bantos: novas leituras sobre o Calundu no Brasil Colonial*. Estudos Históricos do Rio de Janeiro, vol. 28, no 55, p. 7-25, janeiro-junho 2015.

DELATORRE, Franco. *Sessões em Casa: práticas religiosas e variação em Almas e Angola*. Religião & Sociedade. 2019, v. 39, n. 03, p. 221-244. Disponível em: https://doi.org/10.1590/0100-85872019v39n3cap10, acessado em 03/08/2021.

DUAS, Gilberto. *Atores e poderes na nova ordem mundial: assimetrias, instabilidades e imperativos de legitimação*. São Paulo: UNESP, 2005.

ELIADE, Mircea. *Initiation, rites, sociétés secretes*. Paris, Gallimard, 1959.

FÁTÓKUN, S. Adétúnjí. *The Concept of Expiatory Sacrifice in the Early Church and in African Indigenous Religious Traditions*. In: ADOGAME, Afe et alii (orgs.) *African Traditions in the study of religion, diaspora and gendered societies essays in honour of Jacob Kehinde olupona*. Burlington: Ashgate, 2013.

FERRETI, Mundicarmo. *Formas sincréticas das religiões afro-americanas: o Terecô de Codó (MA)*. Disponível em: http://www.gpmina.ufma.br/pastas/doc/Tereco.pdf. Acesso em: 03/08/2021.

____. *Terra de caboclo*. São Luís: SECMA, 1994.

____. *Maranhão Encantado: encantaria maranhense e outras histórias*. São Luís: UEMA, 2000.

____. *Desceu na Guma: O caboclo do Tambor de Mina no processo de mudança de um terreiro de São Luís*. São Luís: EDUFMA, 2001.

FERRETTI, Sérgio. *O culto a divindades africanas no tambor de mina do Maranhão*. In: Seminário Religiões Afro-Americanas e Diversidade Cultural. Rio de Janeiro: UNESCO/Fundação Palmares, 19 a 21/12/2001.

____. *Repensando o Sincretismo*. São Paulo: EDUSP, 2013.

FROBENIUS, Leo. *Humanity and Divinity*. In: CHIDESTER, David (ed.). *Empire of religion: imperialism and comparative religion*. Chicago: The Universtity of Chicago Press, 2014.

GIUMBELLI, Emerson. *O "baixo espiritismo" e a história dos cultos mediúnicos*. Horizonte Antropológico, Porto Alegre, v. 9, n. 19, Julho 2003, p. 248.

____. *Zélio de Moraes e as origens da umbanda no Rio de Janeiro*. In: SILVA, Vagner. G. (org.). *Caminhos da alma: memória afro-brasileira*. São Paulo: Summus, 2002.

____. *Presença na recusa: a África dos pioneiros umbandistas*. Revista Esboços, Santa Catarina, v. 17, n. 23, 2010, p. 107-117.

GUIMARÃES, Marcelo Rezende. *Um mundo novo é possível*. São Leopoldo: Sinodal, 2004, p. 29.

HARDING, Rachel E.. *Afro-Brazilian Religions. Encyclopedia of Religion*. Disponível em: https://www.encyclopedia.com, acessado em 16/07/2021.

IKAWA, Daniela. *Ações Afirmativas em Universidades*. Rio de Janeiro: Lúmen Júris, 2008.

LAPASSADE, Georges & LUZ, Marco Aurélio. *O Segredo da Macumba*. Rio de Janeiro: Paz e Terra, 1972.

LANDES, Ruth. *A cidade das mulheres*. Rio de Janeiro: Editora UFRJ, 2. ed., 2002.

LEWANDOWSKI, Roberto. *Inteiro Teor do Acórdão da Arguição de Descumprimento de Preceito Fundamental, n° 186*. Brasília: Supremo Tribunal Federal, 2012. Disponível em: https://redir.stf.jus.br/paginadorpub/paginador.jsp?docTP=TP & docID=6984693. Acesso em: 15/06/2021.

LOPES, Nei. *História e cultura africana e afro-brasileira*. São Paulo: Barsa Planeta, 2008.

MABUNDU, Fidèle. *Réflexions sur les religions traditionnelles africaine*. Revista de Cultura Teológica. São Paulo, Ano XXII, n. 84, Jul/Dez 2014. Disponível em: https://doi.org/10.19176/rct.v22i84.21640. Acesso em 30/07/2021.

MAGGIE, Yvonne. *Medo do feitiço: relações entre magia e poder no Brasil*. Rio de Janeiro: Arquivo Nacional, 1992

MARTÍN, Eloisa. Latin America. In: HECHT, R.D. & BIONDO, V.F. (ed). *Religion in the practice of daily life in World History*, Vol. 1. California: Praeger. 2010.

MBITI, John. *African Religions and Philosophy*. New York: Anchor Books, 1970.

_____. *Introduction to African Religion*. London: Heinemann, 1975.

MELO, Aislan Vieira de. *Reafricanização e dessincretização do candomblé: Movimentos de um mesmo processo*. Revista ANTHROPOLÓGICAS, Recife, ano 12, volume 19 (2): 157-182, 2008.

NEGRÃO, Lísias N. *Entre a cruz e a encruzilhada: formação do campo umbandista em São Paulo*. São Paulo: EDUSP, 1996.

ỌLÁDIPỌ, Olúṣẹgun. *Religion in African Culture: Some Conceptual Issues*. In: WIREDU, Kwasi (ed.). *A companion to African philosophy*. Londres: Blackwell Publishing, 2004.

OLÚPỌNÀ, J. Kẹhìndé. *African Religions: A Very Short Introduction*. New York: Oxford University Press, 2014.

_____. *African Traditional Religions*. In: RIGGS, Thomas (ed). *Worldmark Encyclopedia of Religious Practices*. Farmington: Thomson Gale, 2006.

OPOKU, K. A.. *West African traditional religion*. Accra: FEP International Private Ltd, 1978, p. 5.

ORTIZ, Renato. *A morte branca do feiticeiro negro: Umbanda e sociedade brasileira*. São Paulo, 1999.

PARÉS, Luis Nicolau. *African Religions in Brazil*. Oxford Research Encyclopedia of African History. Oxford University Press. Disponível em: https://oxfordre.com/africanhistory/view/10.1093/acrefore/9780190277734.001.0001/acrefore-9780190277734-e-910, acessado em 08/08/2021.

_____. *O mundo atlântico e a constituição da hegemonia nagô no Candomblé baiano*. Revista Esboços, Santa Catarina, v. 17, n. 23, 2010, p. 165-185.

_____. *O rei, o pai e a morte: a religião Vodun na antiga Costa dos Escravos na África Ocidental*. São Paulo: Companhia das Letras, 2016.

_____, Luis Nicolau. *Africanidades*. In: SCHWARCZ, L. M. & GOMES, F. S. (orgs.). *Dicionário da escravidão e liberdade: 50 textos críticos*. São Paulo: Companhia das Letras, 2018.

_____, Luis Nicolau. *Religiosidades*. In: SCHWARCZ, L. M. & GOMES, F. S. (orgs.). *Dicionário da escravidão e liberdade: 50 textos críticos*. São Paulo: Companhia das Letras, 2018.

PIERSON, Donald. *Brancos e Pretos na Bahia: estudos de contato racial*. São Paulo: Companhia Editora Nacional, 1945.

PRANDI, Reginaldo. *Referências sociais das Religiões Afro-brasileiras: Sincretismo, Branqueamento, Africanização*. Horizontes Antropológicos, Porto Alegre, ano 4, n. 8, p. 151-167, jun. 1998.

_____. Apresentação. In: ASSUNÇÃO, Luiz. *O reino dos mestres: a tradição da jurema na Umbanda nordestina*. Rio de Janeiro: Pallas: 2006.

RAMOS, Arthur. *O negro brasileiro*. São Paulo: Companhia Editora Nacional, 1940.

RAMOS, Arthur. *A aculturação negra no Brasil*. São Paulo: Companhia Editora Nacional, 1942.

RIBEIRO, Ronilda Iyakemi, SALAMI, Sikiru, DIAZ, Ricardo Borys Córdova. *Por uma psicoterapia inspirada nas sabedorias negro-africana e antroposófica*. In: ANGERAMI, Valdemar Augusto Camón (org.) *Espiritualidade e Prática Clínica*. São Paulo: Ed. Thomson, 2004, p 85.

RODRIGUES, Raymundo Nina. *Africanos no Brasil*. São Paulo: Companhia Editora Nacional, 1938.

SALES, Elisabete Brenda Araújo et alii. *Os cultos religiosos e o sacrifício de animais diante da legislação vigente*. Cadernos de Graduação em Ciências Humanas e Sociais, Aracaju, v. 1, n.14, p. 115-126, out. 2012.

SARAIVA, Clara. *Emotions and religion across the Atlantic: senses and lusophone orixás*. Etnográfica, vol. 25 (2), 2021, disponível em: http://journals.openedition.org/etnografica/10440, acesso em 02/08/2021.

SENNA, Ronaldo de Salles. *Jarê: Uma face do Candomblé*. Feira de Santana: UEFS, 1998.

SHARPE, Eric J. *Expanding Empire*. In: CHIDESTER, David (ed.). *Empire of religion: imperialism and comparative religion*. Chicago: The Universtity of Chicago Press, 2014.

SILVA, V. G. da. *O terreiro e a cidade nas etnografias afro-brasileiras*. São Paulo: Revista de Antropologia, São Paulo, n. 36, 1993, 33-79.

_____ (org.). *Caminhos da alma: memória afro-brasileira*. São Paulo: Summus, 2002.

_____. *Candomblé e Umbanda: caminhos da devoção brasileira*. São Paulo: Selo Negro, 2005.

SILVA FILHO, Mário Alves da. *Chega de estultice: estudo etimológico das palavras Umbanda e Kimbanda*. Revista Sensuo, São Paulo, edição eletrônica. Disponível em: https://revistasenso.com.br/?s=kimbanda, consultado em 01/08/2021.

WARREN, Donald. *Notes on the Historical Origins of Umbanda*. Universitas, Salvador, n. 6/7, 1970, p. 155-163.

WEBER, Tiago L. *Ritual de Almas e Angola: do início aos novos paradigmas*. Revista Santa Catarina em História., v. 5, n. 1, Florianópolis: UFSC, 2011.

Sobre o autor

Mário A. Silva Filho (Bàbá Mário Filho), nascido em agosto de 1967, na cidade de São Paulo, é Coronel da Polícia Militar. É Especialista e Mestre em Ciência da Religião; Doutor e Mestre em Ciências Policiais. Dirige o "Templo Espiritual Caboclo Pantera Negra" e o "Templo de Ifá Ajàgùnmàlè, o Veraz". Pesquisa as religiões afro-brasileiras e o Islã há mais de 20 anos.